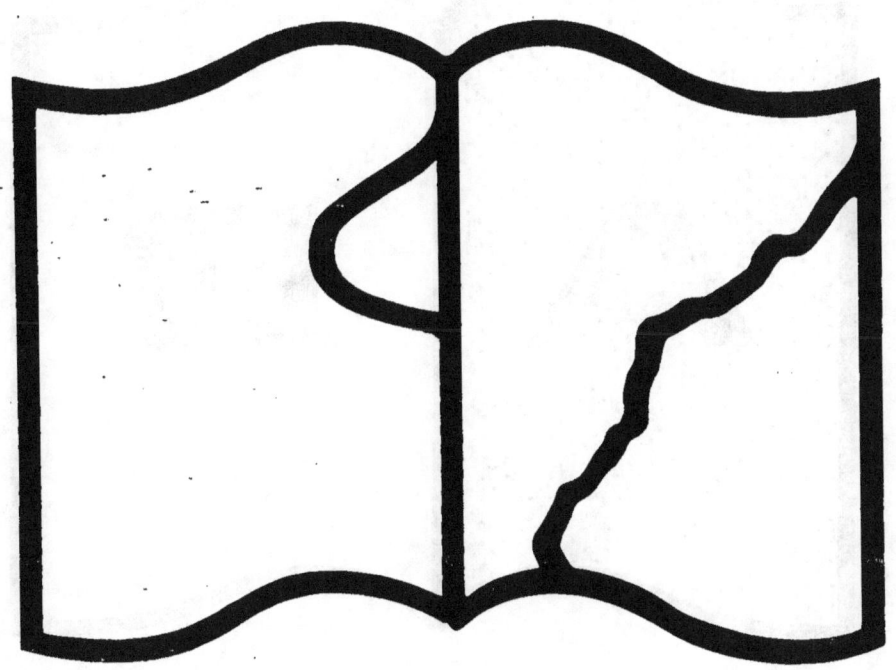

Texte détérioré — reliure défectueuse

NF **Z 43**-120-11

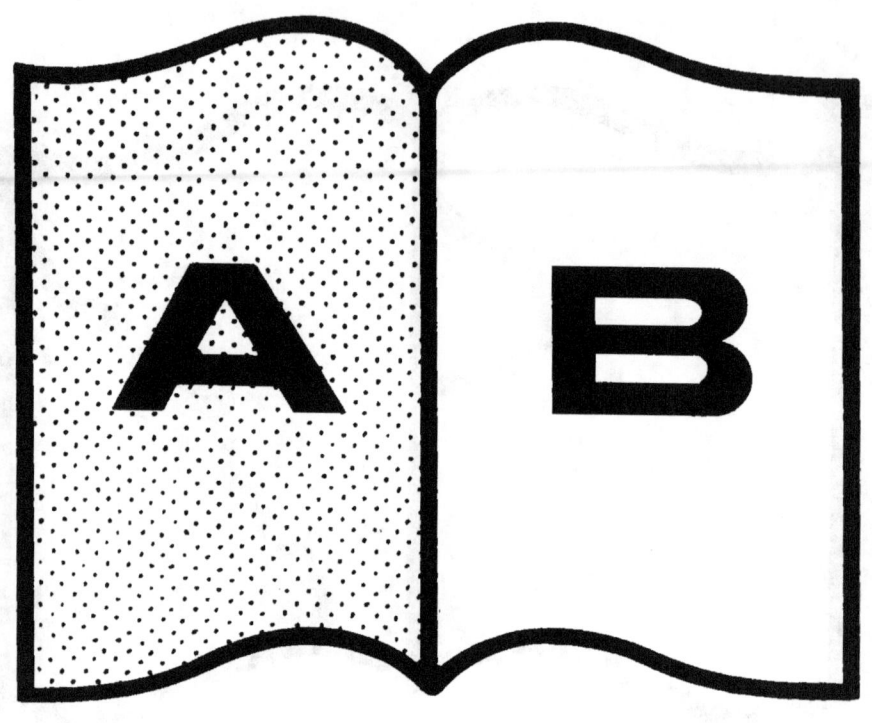

Contraste insuffisant

NF Z 43-120-14

EL ABANICO

[L'ÉVENTAIL],

PAR

MADAME CAMILLE BODIN,

— Jenny Bastide —

AUTEUR

DE LA COUR D'ASSISES,

DES CONTES VRAIS, ETC.

PARIS.

CH. VIMONT, ÉDITEUR-LIBRAIRE,

27, RUE RICHELIEU.

—

1835.

EL ABANICO.

Ouvrages du même Auteur.

———

Marcus et Frédéric.

Le Monstre.

Le Damné.

La Cour d'Assises, 2ᵉ édition.

Contes Vrais, 2ᵉ édition.

PARIS. — IMPRIMERIE DE MADAME Vᶜ POUSSIN,
RUE ET HÔTEL MIGNON, Nº 2.

EL ABANICO

[L'ÉVENTAIL],

PAR

MADAME CAMILLE BODIN,

— Jenny Bastide —

AUTEUR

DE LA COUR D'ASSISES,

DES CONTES VRAIS, ETC.

———

PARIS.

CH. VIMONT, ÉDITEUR-LIBRAIRE,

27, RUE RICHELIEU.

—

1833.

PREMIÈRE PARTIE.

EL ABANICO.

———◆———

I.

———

Un soleil d'Espagne éclatant et âpre desséchait le feuillage ; un vent tiède mais violent faisait voler une poussière blanche et fine, et fatiguaient depuis long-temps un régiment de cavalerie dont les chevaux accablés marchaient la tête et les oreilles basses ; on allait au pas. Les simples cavaliers souffraient sans se plaindre, c'était leur habitude, mais les officiers mur-

muraient entre eux et contre l'infernal pays où
on les retenait sans gloire, et contre l'*Empecinado*, à la recherche duquel ils étaient, et
même contre leur colonel, car c'est toujours
une chose qui soulage que le murmure. Le colonel, lui, se tenait droit et fier à la tête de son beau
régiment, le 18ᵉ de dragons ; de temps en temps
il s'adressait à quelques-uns des officiers supé-
rieurs qui l'entouraient ; mais ses paroles étaient
brèves, saccadées, et il était facile de deviner
qu'aux ennuis de la route il mêlait une pensée
soucieuse et amère ; son front, embelli d'une ci-
catrice, était caché sous le casque qu'ombrageait
une riche crinière, on ne pouvait ainsi le voir ce
front rêveur et plissé, mais la bouche contractée
du colonel, ses lèvres d'un rouge vif, tout annonçait la violence de ses passions, l'acrimonie
de son humeur.

— Adjudant Delon, dit-il tout à coup en se
retournant un peu.

L'adjudant s'avança et le chef d'escadron qui

était à la droite de son chef, s'effaça doucement et laissa passer le capitaine.

— Capitaine, je suis très mécontent.

— Mécontent, colonel! répéta celui-ci d'une voix déjà altérée; ah! j'espère que ce n'est pas de moi, et que mon service...

— Il ne s'agit pas de votre service particulier, monsieur, mais de la discipline, de la hiérarchie militaire. Comment diable, nous venons de passer quatre mois à Madrid et j'ai rencontré dans tous les bals, dans toutes les *tertullias* le sous-lieutenant Edmond de Velly; il mène un train d'enfer, sème l'or avec profusion; enfin, il est sans cesse sur mes pas effaçant, éclipsant tout; n'avez-vous pas senti, monsieur, que c'était une chose inconvenante avec son grade, et qu'il risquait de se faire des ennemis en écrasant ainsi ses camarades par son luxe et sa magnificence?

—Il est impossible d'être plus obligeant pour eux, colonel; sa bourse leur est toujours ouverte, et tous aiment M. de Velly. Il est arrivé avec de très beaux chevaux, deux domestiques et mille charmantes bagatelles, qu'il a offertes avec une rare générosité...

— Même à vous, interrompit le colonel avec amertume.

— Je ne me défends pas, colonel, d'avoir accepté de lui une belle pipe et une lunette anglaise; vainement j'ai voulu résister, il a insisté avec tant de grâces que j'ai été obligé de céder.

— Oui, oui, vous vous êtes fait une douce violence, et, soit dit sans vous offenser, capitaine, vous n'êtes si indulgent que parce que M. de Velly a cinquante mille livres de rente.

— J'avouerai, colonel, répondit le capitaine avec une grande tranquillité, que j'ai quelque penchant à ménager les gens riches, mais il me semble que je ne suis pas le seul qui agisse ainsi?

— C'est très bien, reprit le colonel avec hauteur; souvenez-vous cependant, monsieur, qu'aucune préférence ne doit nuire au service.

— Bien entendu, colonel, mais nul reproche ne peut être adressé au lieutenant Edmond ; il remplit ses devoirs d'une manière exemplaire, je n'ai jamais eu la plus petite observation à lui faire. Pour son luxe, il est difficile de l'empêcher, quand il ne s'écarte ni de l'uniforme, ni...

— Maladroit ! murmura le colonel assez bas pour que le capitaine pût ne pas l'entendre si cela lui plaisait ; et il en fut ainsi, car le capitaine continua avec le même sang-froid :

— Quant à sa présence dans les meilleures sociétés de Madrid, il avait les poches pleines de recommandations pour toutes les grandes familles qui sont restées dans cette ville ; sa mère est Espagnole, il n'est donc pas étonnant que...

— Et qui l'a logé chez madame de Valeria ; n'est-ce pas vous, monsieur ?

— Nullement, colonel, nullement ; c'est bien la marquise elle-même qui l'a demandé à l'alcade, comme le fils de sa meilleure amie ; d'ailleurs

le général B... occupant l'appartement que vous
aviez à votre premier séjour, il ne restait plus
chez madame de Valeria que deux petites pièces
qui ne convenaient qu'à un officier du grade de
M. de Velly.

— Aussi, dit le colonel d'une voix sombre, il
est devenu tout-à-fait commensal de cette maison; le matin, le soir, il est là, et je ne conçois
pas comment madame de Valeria, avec sa prudence dont elle parle sans cesse, laisse ainsi ce
jeune homme continuellement avec ses filles.

— Les très jeunes gens ne sont pas les plus
dangereux auprès des femmes, prononça le
capitaine avec une flatteuse bonhomie, et vous
en savez quelque chose, colonel; il y a long-
temps que la belle Juanita a reçu votre hommage et n'y est pas insensible; reste donc la
douce et gentille Josepha, elle et le lieutenant
de Velly, feraient un couple bien assorti; ils
sont si jeunes, si naïfs, l'un et l'autre. La su-
perbe Juanita, au contraire, doit préférer une

figure et un caractère plus mâle, plus formé ; il me semble que la fierté de son œil noir demande plus d'énergie dans celui qu'elle aime, tout est donc pour le mieux.

—Les femmes s'attachent aux contrastes, murmura le colonel, et Juanita n'est peut-être pas aussi insensible que vous le supposez à la beauté juvénile de M. de Velly. — Mais, comme s'il se fût repenti d'avoir laissé échapper quelques paroles qui blessassent son amour-propre, le colonel reprit avec hauteur : — Vous pensez, capitaine, que j'ai des affaires plus essentielles que celles-ci, et qu'il me serait fatigant de m'en occuper plus long-temps ; arrangez-vous donc pour qu'à notre retour à Madrid, le lieutenant de Velly ne loge plus chez madame de Valeria. On pourra lui donner à commander le détachement de la *Casa del Campo.*

— Le lieutenant Lefèvre-Desnouettes m'a déjà demandé d'en être chargé, colonel, il est d'une santé si délicate.

— N'est-il pas lié avec M. de Velly ? alors qu'on les mette ensemble, et au premier déta-chement qu'on enverra pour escorter, il faut faire partir M. de Velly.

— Ce n'est pas son tour, colonel.

—Monsieur l'adjudant, reprit le colonel avec humeur, depuis quelque temps vous faites des observations sur tous mes ordres, et votre zèle pour le service se refroidit beaucoup; vous ou-bliez que, quoique un des plus anciens du régi-ment, les plus jeunes peuvent cependant passer avant vous.

En achevant ces paroles, le colonel donna de l'éperon dans les flancs de son cheval et fit quitter à son régiment la marche lente qu'on avait suivie jusque-là. On trotta ainsi environ une demi-lieue, puis la halte com-mandée, l'ordre de placer des védettes sur des hauteurs donné, et toutes les précautions néces-saires dans un pays dangereux rigoureusement observées, le régiment s'arrangea pour prendre un peu de repos sous le feuillage, bien peu épais cependant, d'un bois de jeunes chênes verts. Plusieurs groupes se formèrent; les gourdes furent visitées, les uns se mirent à causer ou à jouer; la plus grande partie à dormir.

Sous le tertre le plus ombragé, se plaça le colonel; à quelques pas plusieurs officiers subalternes, les enfans de la joie, les héros en espérance, la plupart nouvellement arrivés de France, tous attendant avec impatience l'annonce d'une bataille et le moment de tirer le sabre. Un peu en arrière s'étaient assis deux officiers, la tête de l'un d'eux se montrait blonde, mélancolique, une de ces figures où la bonté et le courage s'unissent, c'était celle du frère du général Lefèvre Desnouettes, celui qu'on nommait le bon, le brave Zéphon. Quoique ses joues fussent embellies de vives couleurs, il souffrait d'une douleur au cœur qui inquiétait ses amis, et avec un abandon d'enfant et presque une grâce de femme, Edmond de Velly, son compagnon, le soignait, lui arrangeait un lit de gazon qu'il ombrageait en rapprochant les branches des jeunes chênes et l'invitait au repos avec une sollicitude qui prêtait une expression charmante à sa physionomie. Zéphon s'endormit. — Alors Edmond tomba dans une de ces rêveries qu'on ne repousse point dans la première jeunesse, car alors elles sont rarement mêlées à des souvenirs tristes, à des espérances trompées; l'avenir est si riant, si beau, la vie s'avance si gaie, si bien parée de sa belle robe de fête; peu de jours encore et elle en sera à jamais dépouillée; mais jusqu'à ce moment on est encore si heureux qu'on se plaît à rêver.

Edmond regarda autour de lui pour s'assurer qu'on ne pouvait le voir, et tirant de son sein un chapelet d'agate entremêlé d'une mèche de cheveux d'un noir de jais, il le porta à ses lèvres, et soupira doucement; ce baiser allait être sans doute suivi de plusieurs autres si Edmond n'eût entendu au bruit des branches qu'on écartait, que quelqu'un s'approchait, il serra précipi-

tamment son trésor, et, se retournant, il aperçut
le capitaine Delon qui se glissait doucement de
manière à ce que le colonel ne pût l'apercevoir
si, ce qui était probable, il ne dormait pas. Le capitaine se laissa tomber sur le gazon, ôta son casque et baissant la tête derrière celle d'Edmond,
il dit tout bas qu'il voulait causer avec lui.

— C'est un honneur dont je suis toujours fier,
mon brave capitaine, répondit M. de Velly, il y
a tant à apprendre avec un vieux jeune guerrier
tel que vous, et je suis si neuf sur le terrain où
j'arrive.

— Le lieutenant Lefèvre dort-il profondément?

— Oui, répondit Edmond en replaçant avec
soin la tête de Zéphon, il en a bien besoin; car
avec l'apparence d'une belle santé il souffre
si souvent que...

— Cela se dissipera, interrompit le capitaine.
Je crois d'ailleurs que M. Lefèvre a quelque
inclination en France, et que les regrets comp-

tent pour beaucoup dans son état; et vous monsieur de Velly, avez-vous emporté quelque grande passion de notre belle patrie?

— De France, capitaine. Songez donc que je sortais de Saint-Germain et que j'ai à peine passé un mois près de ma mère.

— Alors vous aimez une Espagnole?

— Une Espagnole, balbutia Edmond, capitaine, une telle question.....

— Vous paraît au moins indiscrète, n'est-ce pas, mais je préfère que vous me trouviez mal élevé, que de vous laisser courir un danger, car vous êtes un brave et loyal jeune homme que je me sens bien porté à aimer; pourtant je ne veux pas que mon amitié pour vous me nuise trop.

— Je ne vous comprends pas, capitaine.

— Je le crois bien, et je vais promptement au but : vous êtes amoureux, monsieur de Velly, et amoureux de la maîtresse d'un autre.

— De la maîtresse d'un autre, s'écria

Edmond, dont le front se couvrit de rougeur ; capitaine, songez à ce que vous avancez ; pouvez-vous me prouver, me rendre raison...

— Vous pensez bien que je ne vous dis pas cela pour avoir l'occasion de me battre avec vous, monsieur de Velly ; je suis revenu des duels, et vous seriez le dernier avec qui je voudrais en avoir un ; mais c'est de votre âge à vous, de repousser avec l'épée un mot qui vous blesse. Quoique aussi brave, je suis plus prudent, c'est du mien : venons au fait. Vous aimez Juanita de Valeria....

— Capitaine !

— Vous l'aimez, et tout à l'heure vous pressiez sur vos lèvres une longue tresse de ses cheveux noirs. J'espérais, pour vous, que c'était la douce, la blonde Josepha que vous préfériez.

— Vous espériez, et pourquoi, capitaine ; que peut-il vous importer que j'aime Josepha ou Juanita ?

— C'est que cette dernière n'est pas libre.

Les joues d'Edmond si fraîches et si rosées encore devinrent très pâles; il regarda le capitaine avec anxiété.

— Ou Juanita vous trompe, ou vous vous trompez vous-même, continua celui-ci, car il y a plus d'un an qu'elle accueillit avec plaisir les hommages de notre colonel. C'est une affaire si connue que je ne sais comment M. Lefèvre ne vous a pas prévenu quand il a su que vous vous attachiez à mademoiselle de Valeria.

— Je n'ai rien confié à Zéphon sur ce sujet, monsieur; car, à mes yeux, le secret d'une femme n'est pas même le bien d'un ami. Je sais du reste que le colonel a été très empressé auprès de mademoiselle de Valeria, et qu'il en fut repoussé; je sais aussi que la marquise, peu satisfaite des assiduités trop marquées de M. de M..., l'avait prié de rendre ses visites moins fréquentes; je sais enfin qu'elle a sollicité pour avoir un autre officier logé chez elle; Juanita m'a d'ailleurs juré cent fois qu'elle n'avait jamais donné la moindre espérance au colonel.

— J'ai des raisons pour penser qu'elle s'est du moins gravement compromise, prononça le capitaine doucement; je vous dirai plus, monsieur de Velly, c'est que le colonel est loin d'avoir renoncé à ses prétentions, et qu'il est fort mal disposé pour vous depuis qu'il a découvert que vous étiez son rival.

— Et que m'importe, s'écria Edmond, je ferai mon devoir, et ne le craindrai pas.

— Je parlais comme cela à votre âge, mon jeune ami. J'ai quarante ans, vingt de services, sans compter les campagnes, dix blessures, et je ne suis encore que capitaine. Voilà pourquoi : j'étais jeune comme vous quand je m'avisai de plaire davantage que mon supérieur, et qui pis est de m'en vanter. Je crus qu'en faisant mon devoir, on ne pourrait me nuire; eh bien! qu'en arriva-t-il : c'est que pour moi furent les corvées, les privations sans nécessité,

2

les dangers sans gloire, les injustices sans cesse
renaissantes; enfin, je n'ai trouvé le repos qu'en
changeant de régiment, et n'ai obtenu la croix
qu'il y a deux ans. Je ne sais maintenant si le
temps a pesé sur ma tête, ou si les passions de
la jeunesse ont fait place à l'ambition, mais je
cherche à devenir raisonnable, et je pense qu'il
faut être bien avec ses chefs pour avancer.

— Et moi, s'écria Edmond, plutôt me faire
tuer cent fois que de céder, fût-ce à l'empereur; tenez, capitaine, j'ai l'air d'un enfant sans
caractère; vous devez croire, sans doute, que
rien n'est plus facile que de me soumettre. Eh
bien! non; ce que je veux, je le veux bien, et
dona Juanita sera ma femme.

— Votre femme, monsieur de Velly?... et si
elle a été la maîtresse d'un autre, la donnerez-
vous pour fille à madame votre mère?

— Oh! non, non, mais Juanita m'a dit qu'elle
m'aimait, et Juanita n'a pu me tromper.

— Quand elle vous aimerait, vous ne pouvez,

avec honneur, en faire votre femme, et sans
danger l'avoir pour maîtresse.

—Oh ! le danger, que m'importe; mais
si elle m'a trompé, si elle en a aimé un autre,
j'en mourrai.

—Vous n'en mourrez pas, reprit le capitaine
froidement; cette première leçon, donnée par
la première femme que vous aurez aimée, sera
cruelle, sans doute; mais vous vous ferez à ces
perfidies, et vous en viendrez vous-même à
tromper sans remords. C'est une lutte que l'a-
mour, tel que l'ont fait nos mœurs, où le plus
adroit est toujours le plus heureux, et croyez-
moi, en faire le destin de sa vie est une folie
qui se paie toujours trop cher. Cependant
c'est un rêve que l'on caresse sans réflexion à
votre âge; on se réveille un peu plus tôt ou un
peu plus tard, un peu plus ou un peu moins
froissé : voilà tout. Il faut payer cette dette.
L'essentiel est que ce paiement ne nuise pas à
la fortune. Heureusement pour vous, mon-

sieur de Velly, la vôtre est faite, et vous n'avez pas besoin d'avancement pour l'assurer; mais madame votre mère, dont vous êtes l'idole, doit être ambitieuse pour vous, et désirer le vôtre ardemment. Eh bien! si vous enlevez la maîtresse du colonel, il s'en vengera; il est homme à cela, croyez-moi; il vous abreuvera de dégoûts, d'amertume, et ce que vous aurez de mieux à faire sera de quitter le régiment. Pour commencer ses vexations, il a ordonné qu'au retour à Madrid, vous ne logiez plus chez madame de Valeria.

— Ce que vous m'annoncez est impossible, s'écria M. de Velly.

— Vous en aurez bientôt la preuve, car la course que nous faisons ressemblera à tant d'autres; nous ne rencontrerons point l'*Empecinado,* parce qu'il n'est pas assez maladroit pour venir se jeter dans un régiment tout entier. Dans quatre jours vous reverrez donc mademoiselle de Valeria, et croyez-moi, mon jeune ami, ne risquez point votre avenir, votre bonheur pour une femme.

Après ce sage conseil qu'on donne si facilement dans l'âge mur, et qu'on suit si rarement dans la jeunesse, l'adjudant Delon s'éloigna, laissant le jeune Edmond le plus malheureux des hommes.

Certes ce n'étaient ni les injustices dont on le menaçait, ni son avancement compromis par la haine de son chef qui l'occupaient; mais il ne pouvait penser sans frémir de désespoir à cette trahison de Juanita qu'on lui annonçait avec tant de sang-froid et qu'il regardait, lui, comme le plus grand malheur qui pût l'atteindre. Longtemps il demeura la tête baissée et le cœur gros de larmes, anéanti, accablé de cette première douleur que l'on croit ne pouvoir supporter, et qui donne à la vie une couleur si sombre que l'on ne demande qu'à la jeter au hasard.

Aussi fut-il le premier à cheval, quand un cri d'alarme se fit entendre; les vedettes ve-

naient d'apercevoir, encore dans l'éloignement,
mais postée sur les deux côtés de la route assez
profondément encaissée, la troupe tout entière de
l'*Empecinado*, et lui-même, l'espingole en main,
attendant avec un imperturbable sang-froid que
son ennemi défilât devant lui. Mais le colonel de
M.. n'était pas novice en fait de tactique militaire,
et en peu d'instans, la position des guérillas fut
tournée et leur chef placé à son tour dans une
situation périlleuse. L'*Empecinado* avait été
trompé; on l'avait assuré qu'il n'aurait à combattre qu'une partie du 18° de dragons, et il le trouvait tout entier, plein de jeunesse, de courage, mécontent d'avoir été envoyé dans une expédition
obscure, et disposé à faire largement payer son
humeur à ses ennemis; en moins d'une heure, la
troupe de l'*Empecinado* fut écharpée, dispersée
et même, sans les ordres réitérés du colonel,
le régiment eût poursuivi les restes de la bande
jusque dans ses montagnes.

Cependant le 18° avait acheté sa victoire par

des pertes sensibles; il fallut rendre les derniers devoirs aux morts, panser les blessés. Dans ce nombre, mais peu dangereusement, on comptait Edmond de Velly; le premier appareil avait été mis sur sa blessure par son ami Lefèvre, qui ne cessait de parler avec enthousiasme de la brillante valeur qu'avait montrée Edmond et des récompenses qu'il méritait. Le régiment avait repris la route que l'on avait quittée le matin, et le colonel comptait laisser à Toro ceux qui ne seraient pas en état de revenir à Madrid.

— Si tu ne peux monter à cheval, nous resterons ensemble, mon garçon, répétait pour la troisième fois le brave Zéphon à Edmond de Velly. Je suis si souvent malade que j'aurai facilement un prétexte pour ne point partir, sois tranquille, nous ne serons pas mal ici...

— Zéphon, il faut que je retourne à Madrid, s'écria Edmond; ma vie, mon honneur sont attachés à mon retour dans cette ville.

— Je ne me plains pas de ton langage énig-
matique, Edmond, je suis discret, tu le sais,
mais...

— Mais vous l'êtes trop, lieutenant, dit tout à
coup M. Delon en se levant d'un grand fauteuil
où il avait fini la nuit, votre jeune ami a grand
besoin de conseils un peu sévères, et quant à
son séjour ici, ce n'est plus un doute, car c'est
lui qui commandera le détachement qu'on y
laisse ; j'ai reçu l'ordre.

— Je ne l'exécuterai pas, s'écria Edmond;
vous savez mieux qu'un autre, capitaine, que
je ne puis m'y conformer.

— Oui, mais je sais mieux qu'un autre aussi,
monsieur de Velly, qu'il faut obéir à ses chefs
et que vous ferez votre devoir quoiqu'il puisse
vous en coûter; d'ailleurs cette absence ne peut
être longue, Toro n'est qu'à trois journées de Madrid, et aucun des hommes qu'on laisse ici n'est
dangereusement blessé. Mais j'entends le boute-
selle ; adieu, patience et courage.

Le pauvre Edmond retomba sur la couche d'où il s'était si vite soulevé malgré la douleur de sa blessure ; et, trop certain qu'il fallait se résigner et se soumettre, il cacha sa tête contre son oreiller et se tut.

— Edmond, ne veux-tu pas me dire un mot, un seul mot ; seulement si tu serais bien aise que je restasse avec toi ?

— Oui, sans doute, s'écria enfin Edmond, mais ne le demande pas, va. Dabord on te refuserait, puis tu peux m'être bien plus utile en partant ; écoute, je vais te confier un secret. Je t'estime trop pour avoir besoin de te recommander la discrétion. J'aime, j'adore....

— Josepha de Valeria ? interrompit Zéphon en souriant malicieusement.

— Oh ! non, reprit Edmond ; il est vrai que, dans les premiers temps, je la trouvais bien douce, bien jolie ; mais sa sœur, mais Juanita, c'est elle qui est belle ! quel feu dans ses yeux ! quelle fierté dans sa bouche ! quelle grâce dans cette délicieuse taille d'Andalouse si flexible dans ses formes, si...

— On sonne à cheval, interrompit doucement Zéphon, que faudra-t-il que je fasse, Edmond?

— Heureux mortel! tu vas la voir, chaque soir tu passeras quelques heures avec elle : madame de Valeria t'accueille si bien! Parle de moi à Juanita, remets-lui ce chapelet, dis-lui que je suis certain qu'il m'a garanti d'une mortelle blessure, dis-lui de me rester fidèle, dis-lui que je mourrais si...

— Je lui dirai que tu es bien fou et bien amoureux, mon pauvre ami ; mais quand nous nous rejoindrons à Madrid, ce qui ne sera pas long, tu me permettras alors de te parler raison, n'est-ce pas? Le lieutenant-colonel m'a assuré qu'on ne laisserait le détachement ici que le temps absolument nécessaire ; ta blessure est légère, ne la rends pas plus sérieuse en te...

— Mon lieutenant, dit un dragon en entrant, le régiment est déjà hors de la ville.

— Adieu donc, Edmond, adieu, patience ! compte sur moi, sois raisonnable. Et Zéphon partit.

Le pauvre Edmond retomba sur son lit quand il n'entendit plus le galop du cheval de de son ami.

Cependant, trois jours après, il pouvait sortir de sa chambre, et vingt fois par heure il s'informait de l'état de ses dragons, et autant de fois, peut-être, il demandait au commandant de la place s'il n'était pas venu d'ordre pour lui.

II.

———

Le colonel Raoul de M.... était revenu à
Madrid enchanté de son excursion, quoiqu'elle
lui eût coûté quelques braves gens; mais peut-
être aussi charmé de s'être débarrassé d'un rival
qui le gênait que d'avoir presque détruit la troupe
de *l'Empecinado* qui infestait les environs de
de la capitale. Son intention était de profiter de
cette circonstance pour demander qu'on éche-
lonnât son régiment sur la route qu'il venait de
purger, en laissant son quartier général à

Madrid ; il croyait facile alors de donner le
commandement d'un des détachemens à Edmond de Velly ; il était à peu près certain d'obtenir tout cela parce qu'il était parfaitement avec
le général Belliard, gouverneur de Madrid, et
bien vu à la cour de Joseph.

Le colonel Raoul de M... était un militaire
d'une valeur éprouvée ; mais son caractère ne se
distinguait point par cette élévation noble et
chevaleresque qui attire une profonde et involontaire admiration ; tenant à l'argent comme on
tient à un moyen immanquable pour tout entre-
prendre et tout obtenir, le colonel avait pourtant
failli détruire lui-même tout ce qu'il demandait
à la fortune et à l'ambition en se laissant dominer
par la passion des femmes. Pour leur malheur,
Raoul était doué d'une figure séduisante ; son
langage était à la fois passionné et tendre ; il possédait enfin ces manières attractives et charmantes qui les dominent. Impérieux dans ses
désirs qui se renouvelaient sans cesse, le type

le plus marqué de son caractère était l'inconstance; M. de M.... avait ressenti vingt passions
dans sa vie, et, dans le commencement, il les sup-
posait toujours éternelles, mais elles ne résistaient
ni à la possession ni au temps; aussi, de sermens
en parjures et de passions en lassitudes, il en était
arrivé à ce desséchement du cœur qui rend insensible au malheur des autres.

Alors, plus d'une jeune fille imprudente,
plus d'une femme jusque-là heureuse et honorée, avait payé de sa réputation et de
son bonheur, le triste avantage d'être distin-
guée par lui. Enfin, les rapports du colonel
de M... avec les femmes, avaient toujours eu
une influence désastreuse sur leur destinée; jamais il n'avait adressé un mot d'amour à l'une
d'elles, un de ces mots auxquels elles attachent
follement une si haute importance, sans que ce
ne fût le signal du malheur pour elle. Il s'était
long-temps tiré avec bonheur de ses perfidies;
mais une fois, enfin, il fut obligé de payer de

son nom le déshonneur qu'il avait attaché à
celui d'une famille respectable. Cependant, celle
qu'il avait déshonorée n'avait pu lui pardonner,
et avait exigé qu'il la laissât dans sa famille, au
fond de sa province, aussi ce mariage avait fait si
peu de bruit, que peu de personnes en étaient
instruites. Cette détermination d'une femme
qu'il n'aimait plus avait parfaitement convenu
à M. de M...; et, loin de faire aucune démarche
pour opérer un rapprochement, le colonel se
conduisit de manière à augmenter la froideur
de sa femme.

Quelques années s'écoulèrent; et, quoique sa
figure fût parfaitement belle encore, que sa
taille conservât sa noblesse et son élégance, il
perdait pourtant chaque jour de cette grâce de
jeunesse, de cet attrait juvénil qui plaît et qui
charme si vite. Sans doute, il n'eût pardonné
à personne de s'en apercevoir, mais lui, il le
sentait parfaitement; et, comme une insatiable
et dangereuse coquette, le colonel était assez

porté à prendre en aversion ceux qui joignaient une figure remarquable aux avantages de la jeunesse.

Cette disposition, dont peut-être il ne s'avouait pas la cause, devenait chaque année plus puissante ; aussi quand il quitta l'armée d'Allemagne pour venir dans la Péninsule, où il savait qu'il allait trouver des dangers sans gloire et peu d'avancement, y arriva-t-il avec dégoût. Long-temps il n'y rencontra aucun dédommagement, car il était toujours confiné dans des petites villes d'Espagne, presque désertes ; mais enfin le sort le servit trop bien ; son régiment fut envoyé à Madrid, et il eut pour hôtesse la marquise de Valeria.

La maison de la marquise était opulente et somptueusement montée ; l'opinion qu'elle affichait en faveur de Joseph lui faisait accueillir les Français avec une rare courtoisie. Mais l'hospitalité un peu orgueilleuse de madame de Valeria n'était pas le seul attrait qui attira le

3

colonel chez elle. Il crut qu'il nouerait aisé-
ment une intrigue avec sa plus jeune fille ; la
timidité de ses yeux bleus, la naïveté de son
sourire, la candeur de son caractère, la faisaient
paraître au colonel une conquête facile ; il se flatta
qu'il n'aurait que quelques mots à dire pour être
aimé, et sans être retenu par l'âge et l'innocence
de Josepha, M. de M... allait mettre à exécution
un projet de séduction qu'il croyait ne pas lui
offrir beaucoup de difficultés, quand la marquise annonça l'arrivée de sa fille aînée.

Juanita de Valeria venait de passer plusieurs
années chez une parente établie en Andalousie ;
elle-même était née dans cette province. Ses
formes gracieuses, la rare perfection de sa taille
justifiaient la réputation des Andalouses ; ses
traits fins, réguliers, ses yeux surtout, ses
yeux espagnols qui peignent toute l'âme dans un
seul regard, enflammèrent à l'instant même le
colonel d'un amour qu'il crut n'avoir pas encore ressenti. Juanita de Valeria avait vingt-

deux ans, et son imagination vive, passionnée, n'était pas novice à l'amour ; un parent de sa mère lui avait été destiné dès l'enfance, et dès l'enfance aussi, elle s'était occupée d'un sentiment qui joue un si grand rôle dans l'existence des femmes de son pays. Les malheurs de l'Espagne avaient éloigné ce mariage, et depuis quatre ans don Luiz d'Alvaro combattait avec des fortunes diverses pour l'affranchissement de sa patrie. Cependant quels que fussent les dangers qu'il courût, la vie errante et misérable qu'il était forcé de mener, même le laps de temps qu'il avait passé sans la voir, il ressentait toujours pour Juanita une violente passion, tandis qu'elle, ne conservait plus de lui qu'un froid et confus souvenir.

Pourtant quand le colonel de M... chercha à se faire aimer, la crainte d'affliger don Luiz, cette probité en amour que les femmes espagnoles respectent religieusement, firent résister long-temps Juanita ; mais plus elle opposa d'obstacles aux désirs de Raoul, plus il employa de persistance et de ruse pour la séduire. Il n'hésita même pas à donner à ses sentimens l'apparence de l'honneur et de la délicatesse, et, lié par un mariage qu'il savait ne pouvoir rompre, il parla de nœuds éternels, il invoqua ce que les hommes ont de plus sacré ; il ne demanda enfin qu'un retard de quelques mois pour déclarer ouvertement ses intentions à madame de Valeria ; il se disait seulement retenu par la crainte de nuire à son avancement. Juanita, d'abord trop fière pour comprendre qu'une alliance avec sa noble famille pût nuire, s'offensa d'un tel prétexte : mais le colonel de M... était rempli de finesse et d'astuce, et son langage passionné, la séduction de son esprit, le désespoir qu'il montra, l'emportèrent enfin. Juanita, vive, impressionable, subjuguée par cette effervescence de sang qui domine les femmes de sa nation, Juanita succomba.

Mais Juanita n'aimait pas, elle ne le sentit

que trop en sortant des bras de celui qu'elle
venait de rendre maître de sa destinée ; elle ne le
sentit que trop , et ce qu'elle éprouva alors pour
son séducteur fut un mélange de sentimens
qu'elle n'osait s'avouer ; l'imprudente! c'était
une liaison pleine d'orage et de honte qu'elle
venait de former ; une liaison qui devait détruire à jamais son bel avenir. Alors arrivè-
rent les scènes , les reproches ; alors elle exigea
une prompte réparation , mais alors aussi on
ne lui répondit que par de l'ironie, et elle si
haute, si fière , dut en venir jusqu'à demander
de la pitié.

Cependant de cette liaison surgissait encore
quelques éclairs de plaisirs ; mais ces semblans
d'amour devinrent insupportables à Juanita ,
car elle aima réellement : elle aima avec ardeur,
avec passion, avec vérité. C'est une triste mis-
sion que de dévoiler ainsi, et sans mensonge ,
le cœur humain , surtout celui des femmes ;
de mettre à nu l'inconstance de leur caractère ,

la violence et la légèreté de leurs impressions.
Mais de cette fois ce n'était plus chez Juanita
une amitié d'enfance dont la différence des
sexes avait à peine fait une préférence; de
cette fois ce n'était plus l'entraînement des sens,
la lassitude d'une défense de tous les instans;
mais de cette fois c'était bien de l'amour, un
amour ardent, incisif, entraînant après lui tout
souvenir, toute considération; et encore une
fois le sort d'une femme fut renfermé dans un
regard, dans un mot.

Ce mot, Juanita l'obtint : Edmond de Velly
— c'était lui — lui avoua qu'il l'aimait. D'abord
il avait été attiré par les grâces naïves de Josepha : mais qu'était-ce que ce léger penchant
auprès de l'amour qu'il puisa bientôt dans les
prunelles de feu de Juanita. Il connut alors une
passion indomptable, une passion noble, élevée, et il voulut instruire de suite la marquise
de Valeria de ses intentions. Juanita l'en empê-
cha, car elle avait reconnu l'insatiable vanité, la

sécheresse d'âme de Raoul; elle sentait que si,
la première, elle changeait ostensiblement, c'é-
tait un ennemi qu'elle se ferait, ainsi qu'au rival
qu'elle lui donnerait. D'ailleurs, après le bonheur d'avoir obtenu l'aveu de l'amour d'Edmond,
était arrivé pour Juanita, le moment de la réflexion, le moment du remords. Avec quelque
soin que Josepha cachât ses larmes, la trace en
paraissait souvent; cette trace était un reproche
indirect adressé par la timide enfant à sa belle
et orgueilleuse sœur; emportée par la fougue de
ses passions, accoutumée à leur tout accorder;
Juanita s'étourdissait bien sur ses torts et sur sa
position, mais Juanita n'était point heureuse, et
il fallait toute la fascination sous laquelle vivait
Edmond pour ne pas s'étonner des impressions
qui se succédaient à chaque instant chez elle.
S'il n'eût pas été si neuf au manége des femmes,
il n'eût pas tardé à deviner le secret qui cour-
bait souvent la volonté de la fière Espagnole,
ainsi que la jalousie d'amour-propre qui tour-

mentait le colonel de M...; mais si Edmond
concevait des inquiétudes, si un mot lui donnait
quelque soupçon, d'un regard Juanita lui rendait la confiance, et l'explication la plus invrai-
semblable prenait à l'instant même les couleurs
de la vérité.

Cependant, il est rare qu'en s'avilissant, les
femmes ne perdent pas leur plus grand charme,
la candeur; entraînée par une faiblesse condam-
nable, Juanita devint aussi astucieuse, aussi perfide que le colonel lui-même, et ce fut avec une
hardiesse profonde que, sous les yeux de sa mère,
elle conduisit une double intrigue. Pourtant,
retenue par un sentiment vrai, par un sentiment qui a besoin de conserver l'estime, Juanita resta en même temps pure aux yeux d'Edmond; mais plus elle sut résister à celui qu'elle
aimait, plus elle se révolta à la pensée de continuer avec Raoul une intimité contre laquelle un
autre amour s'élevait avec force; et elle se refusa
à toute relation particulière avec le colonel.

D'ailleurs madame de Valeria, à qui les assiduités de M. de M... déplaisaient, profita d'une
courte absence qu'il fut obligé de faire pour demander un autre officier à loger chez elle, et il
était maintenant très difficile au colonel d'obtenir
une entrevue que Juanita évitait. La froideur
qu'elle lui témoignait, la jalousie qu'un homme
jeune et beau lui inspirait, ranimèrent chez
Raoul une passion presque éteinte; il s'irrita
profondément en acquérant la certitude qu'on
pût changer avant lui; lui qui toujours avait été
le premier inconstant; lui, si fier des larmes
qu'il avait fait répandre, pouvait-il souffrir
qu'une faible femme restât si forte contre son
désespoir, contre ce désespoir qu'il montrait
dans ses regards, dans ses lettres passionnées et
suppliantes. Mais ses lettres demeuraient sans
réponse et avec une imprudence qu'elle devait
payer cher, la fière Juanita ne cachait ni son
indifférence, ni presque son mépris, car celui
qui l'implorait maintenant ne l'avait-il pas vue

aussi bien des fois suppliante, et quand il n'avait plus rien eu à attendre d'elle, ne s'était-il pas plu à l'humilier du récit de ses bonnes fortunes passées et des bonnes fortunes qu'il trouvait encore. N'avait-il pas plaisanté plus d'une fois des remords qu'il ne pouvait comprendre ; n'était-ce pas un homme qui, de sa vie, n'avait fait un sacrifice au repos, ou au bonheur d'un autre ; n'était-ce pas un homme enfin qui n'était désireux que de ce qu'il ne possédait pas et qui sacrifiait tout à ses propres plaisirs ?

Juanita pouvait-elle oublier aussi que quand elle avait opposé les engagemens qui la liaient à don Luiz, il l'avait d'abord rassurée par les sermens les plus sacrés, mais que depuis il les avait traités d'enfantillages et avait ri de ses remords, pouvait-elle oublier qu'il avait traité don Luiz avec un mépris qui blessait même celle qui le trahissait ; et puis sous sa faiblesse de femme vivait aussi sa part de haine pour les oppresseurs de son pays, haine que rallumait à chaque instant le langage de ce Français désenchanté de tout, quand un plaisir nouveau ne l'agitait pas ; de ce Français dédaigneux pour tous les peuples, comme un soldat de l'empire, s'imaginant que le nom de Napoléon suffisait pour faire taire toute prétention au courage, ne croyant guère qu'à celui de sa nation et se vantant tour à tour de ses conquêtes sur l'ennemi et de ses conquêtes sur les femmes ?

Quel contraste formait avec lui Edmond bien plus jeune, bien plus aimable ; Edmond imprévoyant et bon comme un enfant ; brave sans jactance, passionné sans violence, reconnaissant d'être aimé comme s'il n'avait aucun droit à l'être. Et c'était pourtant de lui que dans le secret de la réflexion, Juanita se reconnaissait indigne ; c'était à lui qu'elle ne pouvait appartenir sans trahison et sans crime ; car plus elle savait l'apprécier, plus sa conscience lui disait qu'elle n'aurait pas dû l'enlever à sa sœur si bonne, si résignée, si pure ;

qui, douce et modeste comme un ange, cachait ses larmes avec soin pour ne troubler le
bonheur de personne. Quand la passion n'étourdissait pas Juanita, quand la réflexion surmontait un amour à qui elle avait déjà tant sacrifié,
elle ne songeait pas sans regret à cette vie d'intrigue qu'elle s'était faite, à sa première trahison
qui en amenait chaque jour une nouvelle; elle
ne songeait pas sans frémir à don Luiz, à son
caractère violent, emporté, à sa haine pour les
Français, haine que chaque malheur rendait plus
amère; alors Juanita se demandait comment fi-
nirait cette lutte, et quand elle était sans courage,
c'était près de sa sœur, qu'elle avait tant affligée,
qu'elle cherchait des consolations et des larmes.
Ah! qui eût pu soulever la courtine qui cachait
le balcon où, assise à la fraîcheur des nuits, Juanita, échevelée et gémissante, n'osait avouer
cependant qu'une partie de ses chagrins à la candide et pure Josepha, celui-là eût pu créer un de
ces tableaux vrais et chaleureux qui sortent si

difficilement d'un pinceau sans modèle. Véritable contraste avec sa sœur, Juanita, comme un torrent furieux, peignait ses tourmens en termes exagérés et brûlans; non moins malheureuse peut-être, mais du moins malheureuse sans remords, Josepha écoutait avec un étonnement d'enfant et une douleur de femme calme et résignée; elle comprenait bien qu'on pût souffrir, mais non qu'on pût l'exprimer ainsi; puis enfin elles s'endormaient presque dans les bras l'une de l'autre, car Juanita l'aimait beaucoup, cette innocente enfant à qui elle imposait cependant tant de douleurs.

Mais le soleil en renaissant ramenait pour Josepha des devoirs qu'elle n'oubliait jamais, et une abnégation si entière d'elle-même qu'elle se faisait une destinée supportable, composée seulement du bonheur des autres; Juanita, au contraire, ressaisissait avec le jour toutes ses agitations, toutes ses espérances, et dévorait les heures jusqu'à celle qui lui ramenait le

moment de ces longues promenades au Prado,
qui forment une si grande partie des plaisirs
et de la vie des Espagnoles ; promenades où
l'adresse des femmes se signale, où un rendez-
vous se donne à l'aide d'un regard, du pli d'une
mantille, du nombre de tours faits dans la même
allée, et surtout avec le mouvement lent, rapide,
uniforme ou voluptueux de l'*abanico ;* de cet
abanico qui, comme le sceptre d'une reine,
est tout-puissant dans les mains d'une Espagnole. Que d'amour révélé, que de jalousies
comprises à l'aide de ce fragile éventail, inter-
prète discret dont le manége échappe aux soupçons d'un mari, à la surveillance d'une mère
qui, à mesure qu'elle avance dans la vie, semble en avoir oublié le langage.

Le temps était passé pour le colonel de M...
où il trouvait un heureux signal dans le mouvement de ce meuble léger ; cependant il ne
manquait jamais d'y porter les regards, et de
chercher les yeux de Juanita au travers de sa

gaze dorée. Mais elle, elle détournait les siens
avec hauteur, avec ironie, pour les reporter in-
quiets et passionnés sur le groupe modeste où se
trouvait le jeune lieutenant. Un témoin exercé
eût reconnu alors dans le mouvement de l'*abanico* le signal de leur réunion ; et la soirée était
peu avancée quand Edmond paraissait chez madame de Valeria. La conversation restait quelque temps générale; mais arrivaient successivement tous les vieux amis de la marquise ; peu
à peu les jeunes gens se réunissaient, se grou-
paient; le bon, le brave Zéphon restait souvent
rêveur, et songeant à sa patrie ; Josepha, plus
mélancolique encore, baissait les yeux pour
ne pas révéler sa secrète souffrance, tandis que
Juanita et Edmond, pressés l'un près de l'autre,
oubliaient qu'il y eût autre chose au monde que
leur amour. Parfois, revenant à la prudence,
Juanita demandait impitoyablement à sa sœur
un peu de musique, croyant ainsi détourner

l'attention. Abattue et souffrante, Josepha cédait cependant, et accompagnant de la guitare sa voix plaintive et brisée, elle couvrait ainsi les paroles passionnées qui échappaient à Edmond et à sa sœur.

C'était durant ces soirées que l'imprudente Juanita écoutait les promesses de son amant, encourageait ses plans d'avenir, et, imprévoyante jusqu'à l'audace, oubliait qu'elle avait déjà fait les mêmes sermens à un homme dont son inconstance allait lui faire un ennemi. Il arrivait. Tout changeait, les amis de madame de Valeria s'éloignaient, car tous ils haïssaient et redoutaient le colonel, et les deux amans se croyaient prudens, parce qu'ils ne se regardaient plus qu'à la dérobée. Josepha continuait à chanter ; car c'était une contenance pour tous que cette musique au milieu de la contrainte et du malaise qui était entré avec Raoul, à qui il eût fallu d'abord moins de hauteur pour dissi-

muler la distance qu'établit toujours la hiérarchie
militaire ; mais ce n'était pas cette distance seule
qui répandait du froid et de l'embarras dans le
salon de madame de Valeria : c'était une rivalité
que tout le monde ne comprenait pas, mais qui
donnait cependant à tous une gêne inexplica-
ble. Enfin, sur un regard de Juanita, Edmond
disparaissait ; mais, après avoir fait ce sacrifice à la prudence, Juanita devenait plus haute,
plus impérieuse et ne daignait même pas remarquer la colère contenue du colonel ; car
rien n'est impitoyable comme une femme qui
n'aime plus, rien n'égale l'imprudence qui la
pousse à venger la blessure qu'on a faite à son
amour-propre ; et Juanita n'oubliait pas qu'a-
près l'avoir impitoyablement déshonorée, Raoul
avait reculé devant la réparation. Aussi combien n'arriva-t-il pas de fois au colonel de
remporter, sans qu'elle daignât la prendre, la
lettre passionnée qu'il avait mis tant de soin

4

à composer ! C'était alors que la haine et la jalousie se disputaient son âme impérieuse et violente; un soir même il froissa de rage, au milieu du salon, le brillant éventail qui avait servi à un message d'amour pour un autre, et les fragiles bâtons du bois parfumé tombèrent brisés sur le parquet.

— *Mi abanico!* s'écria la fougueuse Espagnole avec colère : — c'était un présent de.....

— Je réparerai promptement cette maladresse, interrompit le colonel, réduisant en poussière, sous le talon de sa botte, le dernier vestige du présent de son rival. — Un refus mordant arriva sur les lèvres de Juanita; mais un regard de sa mère la retint, car madame de Valeria commençait à comprendre que les manières hautaines de sa fille lui faisaient un dangereux ennemi.

Le lendemain, le colonel présenta à Juanita un magnifique éventail, qu'elle reçut dédaigneusement; et le soir, au Prado, elle ne le portait pas. Edmond avait aussi réparé l'accident de la veille; et, fière de son bonheur, Juanita, l'œil dédaigneux et brillant, agitait avec une grâce plus vive, une coquetterie plus attrayante, l'*abanico* chéri qu'elle devait à l'amour.

III.

CE fut à cette époque que le colonel reçut l'ordre de se porter avec son régiment à la rencontre de l'*Empecinado*, dont la troupe infestait tellement les environs de Madrid que les Français n'osaient se hasarder à s'éloigner de la ville, seulement à une portée de fusil, sans que quelque tragique événement ne fût le résultat de leur imprudence. L'excursion du 18ᵉ régiment, son triomphe sur les guérillas, devaient rendre un peu de sécurité ; et le colonel, plus fier que jamais, se hâta de se présenter chez madame de Valeria, où on ne s'attendait pas sitôt à son retour.

La marquise s'était empressée de lui demander des nouvelles d'Edmond. La vie de Juanita semblait, en ce moment, attachée aux lèvres du colonel — elle respira — Edmond n'était que très légèrement blessé; et Zéphon, le bon Zéphon était revenu; il ne pouvait tarder à donner de plus longs et sans doute de plus véridiques détails : c'est ce qu'il fit. Il remit aussi à la belle Espagnole le chapelet auquel Edmond avait attaché l'idée de son salut; et, quoique Juanita rougit beaucoup en apprenant qu'il avait choisi un confident, le bonheur de parler de lui, fit tout excuser.

Cependant il lui fut facile de remarquer plus de politesse que de confiance dans les manières du capitaine Lefèvre; il lui fut facile d'apercevoir qu'il l'observait avec une prudence et un sang-froid qui feraient de l'ami d'Edmond

un juge plus sévère qu'il ne l'était lui-même.
Elle était bien certaine qu'Edmond avait parlé
de ses honorables intentions; qu'il avait dit à son
ami que Juanita serait la compagne de sa vie.
Mais si Zéphon avait un grand respect pour la
destinée des femmes et pour leur réputation,
il avait une haute idée de l'importance qu'on
doit attacher à son choix, et on pouvait aisé-
ment prévoir qu'il chercherait à exercer une
austère influence sur celui de son ami; enfin
Juanita s'aperçut promptement que le capitaine
la surveillait de son regard, qui, rempli de douceur et de bonté, n'en était pas moins scrutateur.
L'amour s'abuse si facilement lui-même! Il vit
de tant de promesses, de sermens trompeurs,
qu'il est facile de le rassurer quand il s'est emparé
du cœur d'un jeune homme, quand il est surtout
sa première illusion; mais un juge désintéressé
ne tarde point à connaître la vérité, et Zéphon
devina que Juanita n'était plus digne d'Emond.

Il l'aurait vu avec peine épouser une étran-

gère, mais une Espagnole violente et passionnée
lui fit réellement peur pour son ami; tant qu'il
avait cru à une fantaisie sans conséquence, à
une liaison d'un moment, il n'avait éprouvé
qu'un regret, c'était que la noble hospitalité de
madame de Valeria fût trahie; mais les lettres
d'Edmond, remplies de passion, de projets,
son langage noble, décidé, tout annonçait
qu'il regardait Juanita comme un objet sacré.
Elle devenait dès lors un être important pour
Zéphon; car l'honneur de son ami était le sien,
il devait veiller sur lui comme sur un frère,
il devait, s'il le fallait enfin, remplir un cruel
devoir, il devait déchirer le voile qui cachait à
Edmond une femme déshonorée.

Le capitaine avait deviné la position de Juanita, au langage piqué et contraint, à la hauteur
des manières du colonel, il comprit aussi que la
jalousie lui faisait persécuter Edmond; il devina,
en même temps le caractère de cette jeune femme,
trop séduisante pour ne pas être dangereuse et

trop coupable à ses yeux pour qu'il ne dût pas détromper son ami. Zéphon en vint alors à désirer que la haine du colonel tînt long-temps Edmond éloigné de Madrid ; et, croyant le capitaine Delon assez instruit pour s'ouvrir à lui sans indiscrétion, il l'assura qu'il quitterait avec empressement cette ville et ses plaisirs, pour aller rejoindre M. de Velly, s'il devait en rester long-temps éloigné.

— Je le pensais encore hier, répondit l'adjudant ; mais la cour du roi Joseph est comme un château de cartes, qu'on renverse tantôt à droite, tantôt à gauche ; elle a déjà traîné son luxe, ses femmes et sa nouvelle noblesse en Andalousie et à Valence ; je crois que cette fois elle ira prudemment du côté des frontières du nord, pour être plus près de celles de France.

— Ce n'est pas possible, s'écria Zéphon, que signifierait cette nouvelle échauffourée, qui laisserait à découvert la capitale de l'Espagne, et vous ferait traîner à notre suite un encombrement d'équipages, de trésors et de pillages?

— Tout cela est vrai, et voilà le malheur :
l'empereur Napoléon a cru, en faisant un roi,
lui donner une partie de son génie; et de loin
il apprend les sottises de son frère Joseph, sans
les comprendre ni les croire; il ne comprend pas
davantage l'Espagne, qu'il a cru vaincre facilement et qu'il ne domptera pas. Enfin, pour vous
parler sans mystère, mais confidentiellement, capitaine Lefèvre, préparez vos bagages, nous
partons demain dans la nuit. Voilà le grand mot
que je ne devais vous dire qu'au moment; tâchez
d'être discret, si ce n'est pas déjà le secret de la
comédie, car soixante femmes le connaissent.

— Et ce pauvre Edmond?

— Nous le prendrons en passant avec son
détachement. On se rend à Salamanque en tra-
versant Toro. Je crois bien que ce n'était pas trop
dans les projets du colonel, qui voudrait tenir
M. de Velly éloigné de mademoiselle de Valeria
pour qui il s'est repris d'une passion violente.

— Mais ils seront également séparés, s'écria Zéphon !

— Vraiment non : madame de Valeria suit la cour de Joseph ; elle y a trop paru, pour qu'il n'y ait pas danger pour elle à rester ici, du moins à ce qu'elle dit.

— A ce qu'elle dit..... Supposeriez-vous, capitaine, que madame de Valeria ne fût pas sincère ?

— Sincère... comme les femmes de son pays, en fait de politique ; elle a de belles propriétés à Madrid, qu'elle n'a point voulu quitter, voilà tout ; mais elle voit encore ce qu'il y a de plus fanatisé pour l'ancien roi ; et don Luiz d'Alvaro, qui doit être son gendre, n'est-il pas colonel et aide-de-camp du marquis de la Romana ? Je la crois donc fort tranquille sur ce qui pourrait lui arriver ici, mais je présume qu'elle a quelque raison secrète pour se rapprocher de France.

— Le colonel sait-il que Juanita doit épouser don Luiz ?

— Que lui importe? Quand il voudrait l'é-
pouser lui-même, il ne le pourrait pas.

— Pourquoi donc?

— J'ai parlé sans réflexion, répondit M. Delon, je ne sais quelles sont ses intentions, mais
je crois, je suppose...

M. Lefèvre avait trop d'usage pour insister;
il reprit :

— Croyez-vous que Juanita fut instruite hier
soir de ce départ?

— Je ne le pense pas, car il a été décidé ce
matin.

En effet, quand Zéphon revit Juanita, elle lui
apprit sous le sceau du secret qu'elle partait, et
qu'on passait par Toro; la joie brillait dans
ses regards; elle allait revoir Edmond. Puis à
cette joie se mêlait l'espérance que quelque
événement éloignerait le colonel, et la rappro-
cherait de M. de Velly. L'imprudente ne pensait pas que le plus grand obstacle à son bonheur était dans elle-même; elle ne pensait pas

que, si une révolution nouvelle rendait l'Espagne libre, don Luiz, armé des droits que ne lui avait pas ôtés madame de Valeria, viendrait réclamer une foi qui lui avait été solennellement jurée. Cependant, si parfois la crainte de ce malheur se présentait à Juanita, elle hésitait un moment à suivre la route tortueuse dans laquelle elle s'était engagée; elle se résignait, elle se décidait à tout confier à sa mère, à braver son courroux, sa douleur, pour éviter quelque grande catastrophe; mais il est rare que dans un cœur plus passionné que sensible, le remords et la raison soient durables; et quels que fussent les dangers qui entouraient Juanita, elle n'en fut ni moins fière, ni moins dédaigneuse avec le colonel de M..., ni moins imprudemment heureuse, quand elle fut certaine que sa mère suivait la cour de Joseph, et qu'elle allait revoir Edmond.

Ce fut durant cette journée qui précéda le départ du roi, départ où l'on voulait mettre tant de mystère, ce fut durant cette journée une chose

à la fois burlesque et pitoyable que ces préparatifs d'une cour parodiste et sans dignité, quit-
tant, pour la troisième ou quatrième fois, une
capitale dont les habitans ne s'étaient jamais sou-
mis qu'en apparence ; que cette fuite d'un roi sans
royaume, et pourtant entouré de tant de courti-
sans. Ce départ commença après minuit, les voitures étaient remplies de femmes, d'enfans, de
richesses dérobées aux palais qui avaient été ha-
bités par les Français, et présentaient un aspect
de confusion, d'avidité et d'effroi qui inspirait à
la fois le ridicule et la pitié. Les habitans, dont la
plupart veillaient encore, prononçaient anathème
sur les fuyards qu'ils méprisaient, et attendaient
impatiemment le jour pour aller au-devant de
leurs frères, qui devaient entrer par les portes
opposées. Cependant quelques grands, quelques
familles puissantes avaient suivi Joseph, c'était
une dernière preuve de dévouement qu'ils ne pouvaient se dispenser de donner et qui ne devait
pas avoir pour tous de funestes conséquences.

De ce nombre était la marquise de Valeria,
dont le coche antique, surchargé de dorures,
s'avançait tiré par six mules d'une remarquable beauté. Deux voitures de suite con-
tenaient ses femmes, et plusieurs serviteurs à
cheval suivaient. Mais quand le soleil éclaira la
caravane, à la tête de laquelle marchait le frère
de Napoléon, ce ne fut point seulement le luxe
presque royal de la marquise qui la fit remarquer, mais bien l'extrême beauté de ses deux
filles. Se cachant à demi derrière sa mère, et ra-
menant à chaque instant sur son front candide
sa mantille de blonde noire, Josepha semblait
craindre les regards et tout faire pour s'y déro-
ber ; au contraire, fière, orgueilleuse de son
rang et de sa beauté, Juanita, la tête haute,
l'œil ouvert et brillant, se laissait admirer sans
étonnement et sans timidité. Cependant ses noirs
sourcils se froncèrent et firent plisser son
front blanc et majestueux quand elle vit approcher de la portière de sa voiture le colonel

de M..., dont elle espérait au moins être dé-
barrassée pendant la route, car elle le croyait
assez courtisan pour ne pas quitter l'état-major
qui entourait Joseph. Mais l'ambition n'arrivait alors qu'en seconde ligne dans le cœur du
colonel; un sentiment plus fort que l'intérêt, la
vanité blessée, le rendait en ce moment trop
malheureux de l'indifférence de Juanita ; et telle
était l'exaltation où le jetait son amour dédaigné,
qu'il regrettait, pour la première fois, de ne
pas être libre afin de demander à l'instant même
à madame de Valeria la main de sa fille ; mais
ses regrets étaient inutiles, il fallait qu'à son tour
il fût dédaigné, lui qui avait été si souvent dédaigneux. Oh! comme alors il regrettait le passé,
et le temps où, exaltée par un amour d'un jour,
Juanita lui prodiguait avec tant d'abandon ces
caresses passionnées qui l'avaient si vite lassé ?
Mais cet amour, que l'indifférence de Juanita
ranimait de tant d'ardeur, conservait encore
cependant l'empreinte du caractère du colonel ;

il était violent et haineux ; et au milieu de cet amour se mêlaient des malédictions contre son infidèle et le rival qu'elle lui avait donné ; car il n'ignorait pas qu'Edmond , depuis qu'il était à Toro, avait plusieurs fois écrit à Juanita ; il savait que peu de jours se passaient sans que des paysans espagnols fussent chargés de messages pour elle, et une fois même, à prix d'or, il parvint à violer le secret d'une lettre.

Quel amour ! quels doux projets d'avenir et d'honneur coulaient de la plume d'Edmond ! Mais ce n'était rien que cet amour auprès de la lave brûlante qui s'échappait de celle de l'Espagnole. Oh ! que c'était un froid sentiment qu'elle lui avait montré à lui ; non il n'y avait nulle comparaison à faire, et aussi nul pardon à accorder pour un tel affront ; lui qui n'avait jamais eu de rival, à qui jamais personne n'avait été préféré, lui qui avait fait couler tant de larmes et brisé tant de cœurs, se voir traité ainsi !

D'ailleurs, chez un homme du monde sur

5

qui la vanité avait toujours fait naître, ou avait
toujours réveillé l'amour, n'était-ce pas un sti-
mulant bien puissant que ce concert de louanges
qu'il entendait s'élever autour de Juanita? —
Quelle est jolie! Quels beaux yeux! La belle
femme! s'écriaient jusqu'aux soldats. — Alors
le colonel de M... relevait fièrement la tête,
adressait à chaque instant la parole à l'objet
d'une admiration si générale, cherchait à lui
arracher un sourire, et, ne pouvant se tromper
sur les sentimens qu'il lui inspirait, voulait au
moins tromper les autres.

Mais, dans trois jours, Edmond ferait partie
de l'escorte; il ne pourrait, il est vrai, quitter
sa compagnie, mais le colonel savait mieux
encore qu'il ne pourrait commander au ca-
price, ni à la volonté d'une femme; et puis,
certainement, madame de Valeria aiderait à
rapprocher Edmond de sa fille, car, non seulement M. de Velly était le fils de sa meilleure
amie, mais ses avantages extérieurs et sa

fortune en faisaient un parti brillant pour la douce Josepha. Le colonel devinait tout cela ; et très habile lui-même à ménager ses intérêts, il croyait toujours que ce mobile dirigeait les autres ; d'ailleurs, il ne se dissimulait plus que madame de Valeria ne l'accueillait qu'avec une politesse plus craintive qu'affectueuse et qu'elle eût même désiré qu'il fût moins assidu chez elle.—En cela il ne se trompait pas. — Jamais, Juanita, eût-elle été libre, madame Valeria n'aurait accepté le colonel de M... pour son gendre ; elle savait qu'il avait mené la conduite d'un véritable libertin ; elle savait que, sous les dehors d'une exquise politesse, il cachait un caractère impérieux, et elle ne s'était point étonnée de voir succéder chez Juanita, à l'accueil si aimable qu'elle lui avait fait dans les commencemens, une froideur et un dédain dont pourtant elle était effrayée ; elle ne s'étonnait même pas qu'elle lui préférât maintenant Edmond, mais elle commençait à s'en alarmer. Ah!

si la pauvre mère avait su que son imprudente fille s'était pour jamais rendue indigne de recevoir le nom d'un honnête homme! Si elle l'avait su, que de malédictions elle eût jetées à ces Français qui étaient venus apporter des chaînes à ses compatriotes et la honte à leurs filles.

Le troisième jour au matin, Juanita monta en voiture, plus brillante, plus altière que de coutume; et, malgré elle-même peut-être, ses yeux furent plus indifférens, sa bouche plus dédaigneuse encore en regardant M. de M... Vers cinq heures du soir, on devait arriver à Toro. Juanita examinait avec impatience l'axe des roues tournant lentement, et les fantassins, servant d'escorte, qui lui semblaient marcher si doucement : ils n'avaient, eux, ni amour dans la tête, ni joie à trouver au bout de la journée.

Le colonel devina tout ce qu'elle éprouvait, et voulant du moins lui ravir autant de bonheur qu'il serait en sa puissance, il quitta

brusquement la voiture de la marquise, et re-
joignit au galop la tête de la colonne où marchait son régiment.

—Capitaine Delon! prononça-t-il avec violence, j'ai un ordre à vous donner qu'il faut
faire exécuter à l'instant même : écartons-nous
un peu de la route, descendez de cheval, demandez mon portefeuille de voyage, et écrivez...

— A qui, colonel?

— Au commandant de la place de Toro,
monsieur, pour qu'il mette aux arrêts le lieutenant Edmond de Velly. Vous remettrez cet
ordre à l'un des fourriers qui vont partir pour
les logemens.

—Colonel, hasarda le capitaine, si vous me
permettiez de conseiller à M. de Velly de quitter
le régiment; car je ne vois aucun motif pour
une punition que sa conduite parfaite, le courage qu'il a montré...

—Quoique je ne vous doive aucun compte,
monsieur, interrompit le colonel avec hauteur,

je veux bien vous apprendre que M. de Velly
est coupable de désobéissance et d'insubordi-
nation; malgré les avis, même les ordres du
commandant de place, il est plusieurs fois sorti
de la ville de Toro, seulement suivi de son domestique, pour aller sur la route de Madrid,
au-devant des messagers qu'il envoyait chaque
jour. Une fois il a manqué d'être enlevé par un
parti de brigands; il s'est même permis de se
faire suivre par plusieurs dragons, de cette fois
le sabre a été tiré, et ils n'ont pu échapper
qu'en se battant en désespérés.

— Mais, colonel, il est difficile de mettre un
officier aux arrêts en route.

— On fait séjour à Toro, monsieur, et j'ordonne que les arrêts de M. de Velly soient de
rigueur. Mais à l'avenir j'aurai soin de choisir,
pour l'exécution de mes ordres, un officier
moins disposé à les commenter et peut-être à
les enfreindre.

— Colonel, permettez-moi de vous le dire,

balbutia M. Delon, vous abusez de la reconnaissance que je vous dois; je connais assez mes
devoirs pour remplir les ordres de mes chefs
avec zèle et exactitude.

— Bien, monsieur, bien, reprit le colonel
avec plus de douceur, qu'il ne soit plus question de tout ceci; j'espère surtout que vous
n'oublierez point le serment que vous m'avez
fait le jour où j'attachai moi-même la croix qui
brille sur votre poitrine. Vous me jurâtes de
ne jamais révéler ce que vous seul savez ici.

— J'ai tenu mon serment, colonel.

Le colonel après avoir signé l'ordre quitta
le capitaine.

— Je me croyais corrigé, se dit celui-ci, après
l'avoir vu s'éloigner; je me vantais même de savoir
ménager mes chefs, et vingt fois depuis un mois
j'ai manqué d'envoyer promener le colonel quand
il me donnait des ordres injustes contre ce pauvre enfant. Après tout, il en arrivera ce qu'il
pourra : si je meurs capitaine, tant pis! je ne

puis me cacher que la crainte seule que je ne révèle qu'il est marié a empêché le colonel de me
faire partager les arrêts d'Edmond ; et tout cela,
toutes ces injustices, pour les beaux yeux d'une
femme ! Il faut convenir que... Mais voici Toro,
et le capitaine Zéphon Lefèvre qui hâte le pas
de sa compagnie, puis un voile blanc qui flotte à
la portière d'un carosse doré, et une tête de
femme qui se penche pour mieux distinguer.
Mais tu ne verras pas celui que tu aimes, belle
Juanita, le colonel a mis bon ordre à tes espérances.

En effet, ce fut vainement que Juanita chercha à apercevoir Edmond, qu'elle comptait
rencontrer au moins à l'entrée de la ville ; il lui
semblait que c'était une chose si naturelle ;
mais hélas! il ne vint pas, et plusieurs fois elle
passa ses doigts sur ses longues paupières,
pour cacher ses larmes. Le colonel les vit, lui,
et il fut vengé.

Madame de Valeria avait à Toro une parente

chez laquelle elle descendit. Dona Vicenza possédait la plus belle maison de la ville; un magnifique jardin se prolongeait de terrasses en terrasses sur les bords argentés du Duero. Ce jardin n'était séparé de la rivière que par un mur seulement à hauteur d'appui, surmonté d'une grille dorée; cette grille s'ouvrait sur un escalier de marbre donnant sur le fleuve, et d'où on pouvait entrer dans une nacelle élégante qui appartenait aussi à dona Vicenza.

Juanita, ayant passé une des plus pénibles journées qui puisse être imposée à une âme passionnée, livrée tour à tour à l'anxiété et à une attente trompée, vit du moins arriver avec joie l'heure du repos, heureuse de l'idée de pouvoir pleurer en liberté. Mais sa mère, l'appelant doucement auprès d'elle, l'engagea à laisser coucher Josepha et à venir la rejoindre aussitôt que sa sœur serait endormie.

IV.

L'AMOUR est un sentiment si exclusif chez les
femmes, il les domine si entièrement, que,
sans hésiter, elles rapportent tout à lui. Juanita
se persuada qu'il s'agissait d'Edmond, que
des raisons qu'il expliquerait facilement, empê-
chaient sans doute de paraître ostensiblement ;
elle crut enfin que sa mère protégeait une entrevue qui devait avoir un résultat important,
car elle ne doutait pas qu'Edmond ne demandât
sa main, et que madame de Valeria ne se laissât

vaincre par ses prières et son amour. D'abord
elle tressaillit de joie à cette pensée; mais la
réflexion amena la crainte et le remords. Qu'é-
tait-elle pour appartenir à ce confiant et noble
Edmond? de quel front oserait-elle, elle, déshonorée, souillée par un autre, se laisser donner
un nom pur et sans tache? Edmond si jeune,
que tant de prospérités et d'honneurs attendaient, conduirait donc à sa mère la maîtresse
d'un fat, d'un libertin, d'un homme qui n'hésiterait pas à proclamer la faiblesse qu'elle lui avait
montrée; d'un homme qui lui ferait baisser les
yeux sous son regard hardi et moqueur? Oh! à
cette pensée, combien sa haine de femme et d'Espagnole devenait violente! oh! comme elle aurait
voulu anéantir Raoul et son souvenir! comme
elle aurait voulu surtout ressaisir ces imprudentes
lettres échappées au délire d'un jour, et que l'on
confie si imprudemment à un amour qui n'a ni
profondeur ni durée! Car ce n'est point assez
pour les femmes que des regards qui les dé-

cèlent, que des démarches imprudentes qui les
perdent, il faut encore qu'elles stigmatisent leur
honte par des preuves écrites, qui sont reçues
si souvent par une âme désenchantée, et qui
deviennent tôt ou tard des instrumens de punition pour elles.

Juanita, pour obéir à sa mère, s'était mise
au lit, afin d'échapper aux questions de sa
sœur; mais sitôt qu'elle eut entendu le souffle
égal de Josepha annonçant un doux sommeil,
elle passa doucement un vêtement léger, et se
disposa à se rendre chez madame de Valeria. Les
réflexions qu'elle venait de faire avaient un moment refroidi son imagination; mais plus l'instant où elle croyait retrouver Edmond approchait,
plus la raison et l'honneur perdaient leur empire sur elle; et en ouvrant la porte de l'appartement de la marquise, où elle était convaincue
qu'il devait être, Juanita avait oublié toutes les
raisons qui la séparaient de lui; et ne songeait
plus qu'au bonheur de le revoir.

L'appartement n'était éclairé que d'un côté,
et un homme était assis près de madame de
Valeria.

—Edmond! s'écria Juanita en s'avançant, le
cœur plein de joie, Edmond! est-ce bien vous?

Et ce fut don Luiz d'Alvaro qui lui répondit
et qui pressa sa main sur son cœur; mais elle,
pâle, incapable de faire un mouvement, resta
immobile devant lui.

— Juanita! dit enfin don Luiz en laissant
retomber cette main froide, que dois-je penser
de cet accueil? Quoi! je m'expose à mille dangers pour arriver jusqu'à vous; je viens au
milieu de mes ennemis pour vous demander de
me rendre du courage; je viens réclamer ma
fiancée, enfin, et votre main ne répond point
à la pression de la mienne, et vous n'avez pas
un mot à me dire! Que signifie aussi ce nom
que vous avez prononcé deux fois? quel est cet
Edmond que vous comptiez trouver ici? à qui
dois-je demander compte d'un tel souvenir?

Ma tante, puisque Juanita se tait, daignerez-
vous me dire?...

—Mon cher don Luiz, répond la marquise,
n'attribuez qu'à la surprise de Juanita et ses
exclamations et l'apparente froideur qu'elle vous
montre : hier encore elle me parlait de vous.

Et madame de Valeria lance à sa fille un regard
sévère qui impose d'autant plus à Juanita que
c'est le premier. Elle tâche de se contraindre,
elle essaie de répondre aux questions de son
cousin. Il la regarde alors avec amour, rap-
proche lui-même la lumière, et contemple avec
ravissement celle qu'il a quittée dans l'adoles-
cence et qu'il retrouve si belle et si formée.

—On m'avait bien dit, s'écrie alors don Luiz
avec un sourire passionné, que Juanita de Valeria
était la plus belle femme de Madrid; mais je
ne m'attendais ni à tant de perfections ni à tant
d'éclat; ah! levez donc les yeux, *anima vida,
tesoro de ella mi alma!* laissez-moi lire dans vos
belles prunelles un peu de joie de me revoir!

Elle leva ses regards sur lui; mais ses paupières retombèrent bientôt, pour cacher l'impression qu'elle éprouvait à sa vue. Qu'il était
changé!... Don Luiz avait dix ans de plus que
Juanita, et jamais il n'avait paru jeune, même
dans sa première jeunesse : ses traits, fortement
marqués, pouvaient être réguliers; ses grands
yeux noirs dignes d'être cités par leur perfection;
mais tout son ensemble paraissait dur et dénué
de grâces; les fatigues de la guerre et d'une vie
aventureuse, les malheurs de son pays, l'avaient
fortement marqué d'une empreinte âpre et sévère qui au premier aspect le rendait presque effrayant. Quelle triste comparaison fit alors Juanita avec Edmond si élégant, si gracieux ! Le costume de don Luiz ne servait pas non plus à relever sa figure : une résille noire serrait son front
bruni, et semblait continuer ses larges sourcils;
un vêtement d'*arriero*, grossier et mal fait, le
cachait plus qu'il ne l'habillait; à quelques pas
étaient jetés le large *sombrero* et la *capa* d'étoffe

commune que portent les paysans espagnols.
Sans doute un cœur tendre et dévoué, une âme
noble, élevée, ne se serait point arrêtée à de si
futiles remarques, se serait crue liée encore davantage à un homme malheureux par son dévouement à une noble cause, changé par les fatigues d'une honorable guerre, vieilli par les
privations, et soutenu seulement par l'amour
de son pays; mais elle était tout-à-fait femme
frivole cette belle Juanita, si passionnée pour
le plaisir, si impressionable à tout ce qui pouvait flatter ses sens et sa vanité! Elle trouva don
Luiz affreux, et ne put que baisser les yeux
pour lui cacher cette impression.

Mais il y a dans le cœur de celui qui aime
une prescience qu'un rien réveille, et qu'il est
difficile de tromper. Don Luiz devina une partie
de ce qu'éprouvait Juanita.

— Vous me trouvez horriblement changé,
ma cousine, prononça-t-il avec amertume; et,
sous ce grossier vêtement, je vous parais bien

6

indigne de vous : ce n'est pourtant qu'à son aide que je suis parvenu jusqu'ici. J'ai pris des chemins de traverse, et je suis arrivé en même temps que vous dans cette ville ; je viens de Madrid.

—De Madrid !

—De Madrid, *senora*, répéta don Alvaro avec intention ; et il n'a tenu qu'à moi de m'y persuader que vous étiez la plus perfide ou du moins la plus imprudente des femmes ; car on m'y a beaucoup parlé d'un colonel français et d'un jeune officier du même régiment ; mais un Espagnol ne soupçonne point légèrement celle qu'il aime, et je viens avec confiance vous demander toute la vérité.

—Don Luiz, répondit avec embarras madame de Valeria, vous savez combien la position des femmes est délicate dans un tel moment.

—Oui ! interrompit don Luiz avec violence, pour celles qui ne suivent pas le droit chemin ; mais pourquoi, ma tante, avez-vous voulu rester à Madrid? De là surgit la nécessité de vous montrer à la suite de **Pépé** dans cette troisième et dernière fuite.

— Dernière fuite! don Alvaro ?

— Dernière, répéta-t-il d'une voix grave; les Espagnols sont las de tant de vexations et de cruautés. Vous, Juanita, devenue si frivole, vous ne pensez pas, quand vous dansez avec ces brillans officiers, que vous tenez les mains des bourreaux de vos frères. Il viennent, sourians, la louange et la flatterie sur les lèvres, vous parler de leur amour, puis ils ordonnent, un instant après, les vexations les plus lâches, les tortures les plus cruelles. Oh! que je les hais !

Don Luiz parlait avec une sombre chaleur, et la haine de ses paroles rendait ses yeux, déjà si durs, plus effrayans encore. Juanita frémit pour Edmond.

— Enfin, continua l'Espagnol, je veux terminer mon incertitude et mon supplice. Juanita, je suis venu vous chercher.

Elle recula tout près de sa mère.

— Il paraît que cette résolution vous inspire
de la terreur, ma cousine ; ah ! qu'est devenu le
temps où vous frémissiez quand on parlait devant
vous de cette guerre injuste que venaient nous
faire ces Français dont nous avions été les alliés
si fidèles. Alors, Juanita, tout enfant que vous
fussiez encore, vous auriez reculé à la pensée de
devenir le plus bel ornement d'une fête donnée
par l'usurpateur de votre roi.

— Don Luiz, prononça la marquise avec
douceur, à quoi servent ces récriminations ? les
circonstances obligent à des concessions, l'âge
de mes filles, mon rang...

— Plus il est élevé, madame, plus vous deviez montrer l'exemple de la fidélité.

— Cessons, mon neveu, cessons des reproches qui me blessent et qui sont injustes :
j'ai fait ce que j'ai cru devoir faire pour l'intérêt
de mes enfans. Quant à votre proposition, elle
est inexécutable dans ce moment ; rien n'est

préparé pour célébrer votre mariage ; quel rang,
d'ailleurs, quelle existence pouvez-vous offrir à
votre épouse, don Luiz ?

— Il est vrai, s'écria-t-il en se levant et en retrouvant une noblesse que ne dissimulait même
pas son grossier vêtement, il est vrai, madame,
que je suis un mauvais parti maintenant pour
mademoiselle de Valeria ; ruiné, proscrit par
fidélité pour mon roi, quelque véritable honneur qui se rattache à mon nom, Juanita doit
me refuser, je suis pauvre. Mais, si je ne puis
plus être son époux, je serai toujours son
parent et son vengeur. Savez-vous ce qu'on
dit à Madrid, le savez-vous, madame ? — Madame de Valeria pâlit, Juanita baissa les yeux.
— Hé bien ! on dit que votre fille a été déshonorée par ce colonel français, qu'il possède des
lettres d'elle, et que même il les montre, madame. Je voulais connaître la vérité de Juanita
elle-même, voilà pourquoi je lui ai demandé sa

main et je la lui demande encore. Si elle me
l'accorde, je l'épouserai avec amour, avec sécurité, bien sûr qu'elle ne voudrait pas jeter la
honte au nom d'un homme qui n'a plus rien,
que ce qu'il y a de plus cher pour un noble
Castillan : l'honneur ! Du reste, ma tante, ne
vous alarmez pas, avant peu l'Espagne sera
évacuée, notre malheureuse patrie sera libre;
je rentrerai dans mes biens, alors je serai encore digne de Juanita, puisque la richesse seule
rend digne d'elle. Ainsi, ma cousine, parlez :

— Je ne puis accepter, balbutia-t-elle, je ne
le puis.

— Vous avouez donc que vous êtes déshonorée ? cria don Luiz avec fureur.

— Ma fille, murmura doucement madame
de Valeria, ma fille serait-il vrai ! cet indigne
colonel...

— Ma mère, interrompit Juanita revenue à
elle-même et à cette astuce de femme dont elle

avait fait si jeune l'apprentissage, ma mère,
je vous jure que je hais le colonel de M..., et
que jamais je ne serai à lui.

— Vous le jurez, s'écria don Luiz au comble
de la joie! et promettez-vous aussi de n'être
jamais à d'autres qu'à...

— Voilà le jour, interrompit la marquise, qui
craignait de nouvelles questions pour sa fille. Il
faut vous retirer, ou je craindrais...

— Oh! j'ai des amis dans cette ville, ma tante,
et je vais chez l'un d'eux. La nuit prochaine, je
reviendrai; je reviendrai vous voir, Juanita, et
j'espère vous trouver mieux disposée en ma
faveur. Comme je vous l'ai dit, nos malheurs
vont finir; l'Espagne va se soulever tout entière.

— Cependant, reprit madame de Valeria, si
le roi Joseph...

— Quelle ironie de lui donner ce titre! De
bonne foi, le possède-t-il réellement, et dans le
fond de votre cœur, l'aviez-vous reconnu pour
tel, ma tante? Bonaparte, ce grand capitaine que

nous admirons tout en le haïssant, a eu beau défaire des rois, pour trouver des diadêmes qui fussent aux fronts de ses frères, il a eu beau les nommer tous *Napoléon*, il a gardé pour lui seul le génie qui soumet, l'énergie qui surmonte les obstacles ; lui seul, peut-être cependant, eût pu mettre un joug à un peuple tel que nous ; mais les Espagnols ne craignent ni les lieutenans de Bonaparte, ni ses frères...

— Voici le soleil, s'écria Juanita.

Don Luiz s'enveloppa de son manteau, rabaissa sur son front son large sombrero, et appuyant ses lèvres violettes sur le front de Juanita, il s'é-lança sous le grand portique, ouvrit une porte, dont il garda la clef, et disparut.

On entendit pendant quelques instans son pas précipité, puis tout rentra dans le silence. Alors Juanita se leva pour se retirer mais sa mère l'arrêta.

— Juanita, prononça la marquise avec sévé-rité, restez : je crains d'ailleurs que le temps d'un repos calme et tranquille ne soit passé pour vous comme pour moi. Ma fille, je crains d'avoir à me reprocher de ne point avoir veillé avec assez de sévérité sur votre conduite et sur votre jeunesse. Il faut qu'il en soit ainsi, puisqu'on ose élever de si odieux soupçons sur Juanita de Valeria; sur Juanita que je croyais trop sage pour tromper sa mère, trop fière pour s'exposer à jamais rougir; sur Juanita, fiancée à un autre.

— Vous paraissiez vous-même l'oublier souvent, ma mère; vous me parliez rarement de don Luiz, et j'avoue que je n'ai plus pour lui le même sentiment qui me fit m'engager quand j'étais si enfant; mais je vous ai juré, ma mère, que je n'aimais pas le colonel de M...

— D'où vient donc cette continuelle lutte entre vous, ma fille? Le colonel paraît souvent piqué, jaloux; vous, altière et dédaigneuse; Juanita, Juanita! il n'est qu'une destinée heureuse pour les femmes, c'est celle que leur donne la sagesse et la droiture. Si elles se jet-

tent dans un dédale d'intrigues où elles se croient
si savantes, elles ne recueillent toujours de
leurs ruses que la honte et le malheur. Je ne
devine pas ce qui se passe, mais je me méfie
de vous, ma fille. Edmond de Velly! — à ce
nom, Juanita se troubla —, Edmond aima Josepha, j'en suis certaine, sa mère et moi eus-
sions vu cette union avec joie. Eh bien! il
a changé, et c'est vous, Juanita, qu'il aime
maintenant. Votre beauté, votre coquetterie l'ont
emporté sur la douceur et la naïveté de votre
sœur; je ne vous ai point fait de reproches,
ma fille, quoique je fusse mortellement affligée; mais si vous avez choisi une fausse route,
je me suis, moi, imprudemment laissée conduire
dans une qui n'est pas moins dangereuse. La
crainte de perdre mes biens, d'exposer mes
enfans à une vie aventureuse, mon penchant
pour les Français, penchant qui m'a fait quelquefois oublier leur injustice envers mes compatriotes, plus encore ma faiblesse de mère, dont

vous avez abusé, Juanita, m'ont rendue bien imprudente; il est temps, ma fille, que l'une et l'autre, nous prenions un parti raisonnable : vous épouserez don Luiz, je le veux.

— Et Josepha, ma mère ?

— Lisez cette lettre que j'ai reçue par le dernier courrier de France, ma fille.

Juanita la prit d'une main convulsive, et lut tout bas :

« Je vous remercie encore une fois, ma chère
« Pepa, de vos bontés pour mon Edmond, si
« ma tendresse de mère ne m'aveugle pas, je
« crois pouvoir répondre que vous ne vous en
« repentirez jamais. Comme je vous l'ai mar-
« qué dans mes précédentes lettres, je verrais
« avec bonheur que mon fils s'attachât sérieu-
« sement à votre douce Josepha. Le général B...
« et ses aides-de-camp, qui ont été vos hôtes
« pendant long-temps, parlent d'elle d'une ma-
« nière qui, il faut vous l'avouer, me rassure da-
« vantage que celle dont ils s'expriment sur votre

« belle Juanita. Ils vantent, il est vrai, la fierté
« et l'éclat de ses yeux, sa taille majestueuse et
« parfaite, enfin tous les avantages qui font
« d'elle une des plus belles femmes de l'Espa-
« gne. Mais ils ajoutent qu'impérieuse et do-
« minatrice, Juanita veut constamment plaire et
« séduire ; que, coquette et changeante, il lui
« suffit de voir un homme s'attacher à une autre
« femme, pour qu'elle mette tout en œuvre
« pour lui enlever son hommage. Je vous parle
« avec la franchise que permet notre vieille
« amitié, Pepa, je vous parle comme à ma meil-
« leure, à ma seule amie. Mais une telle fille se-
« rait un fléau pour moi ; et, m'apportât-elle
« tous les trésors du monde, je la refuserais.
« Ce n'est donc point sans inquiétude que je
« vois Edmond exposé aux séductions de cette
« merveilleuse beauté. Aussi vais-je travailler
« à le faire passer dans un des régimens de l'ar-
« mée du Nord. Si vous trouvez une occasion
« pour m'envoyer sûrement Josepha, afin de la

« soustraire à la vie errante que vous serez
« peut-être obligée de mener, confiez-moi avec
« sécurité cette enfant que j'aime déjà comme
« si elle était la mienne. Je veillerai sur elle,
« non seulement comme sur la fille de ma meil-
« leure amie, de celle à qui je dois tout, mais
« encore comme sur la femme que je destine à
« mon fils, à mon Edmond. »

Juanita ne prononça pas une parole; mais,
agitée d'un sentiment rempli d'amertume, de
colère et de douleur, elle froissa la lettre de
la mère d'Edmond entre ses mains trem—
blantes.

— Vous le voyez, Juanita, reprit madame de
Valeria, les avantages de la beauté ne suffisent
point pour attirer la confiance et l'estime. Le
séjour que vous avez fait à Séville, auprès de
notre vieille parente, vous a été fatal, je le crains.
Vous y avez vécu dans une indépendance qui a
donné à votre caractère un développement dangereux, et je ne vois que trop, d'après ce que

m'a dit don Luiz, et ce que m'écrit la mère d'Edmond, que votre réputation est cruellement
compromise. Juanita, je vous le répète, il faut
épouser don Luiz; il vous conduira à Valence,
chez sa mère, et au bout de quelques mois,
tous ces bruits désavantageux tomberont d'eux-
mêmes.

— Et si les Français quittent l'Espagne, vous
les suivrez, madame? prononça Juanita d'une
voix sombre.

— Cela est vraisemblable, mon enfant, reprit
la bonne mère en se dépouillant promptement
d'une sévérité qui coûtait tant à son cœur. Cette
séparation me sera cruelle, crois que la nécessité m'y contraindra seule; mais je reviendrai
bientôt.

— Oui, s'écria Juanita avec violence, aussitôt
que vous aurez marié ma sœur...

— Va te reposer, mon enfant, dit la marquise en hévitant de répondre; moi-même je
me sens fatiguée de tant d'émotions, une vie si

agitée convient mal à mon âge ; ah! c'est une douce mais terrible charge que celle de deux jeunes filles.

— Surtout quand l'une d'elles est si imparfaite, n'est-ce pas, madame ? Et Juanita quitta la marquise sans rien ajouter à ces amères paroles.

V.

Le soleil éclairait déjà la chambre où rentra
Juanita, et où elle trouva sa sœur endormie ; un
sentiment de jalousie et presque de haine sou-
levait sa poitrine, quand elle s'approcha du lit où
reposait l'innocente créature qui en était l'objet.
La moustiquaire, formée d'une gaze rosée, était
fermée hermétiquement, mais au travers de ce
fragile rempart, Juanita distinguait parfaitement
sa sœur. Sa tête, si jeune et si pure, reposait avec calme sur une pile de carreaux gar-

7

nis de dentelles, et ses cheveux, qu'aucun lien
ne retenait, couraient sur ses épaules dont l'é-
clatante blancheur recevait une teinte ravissante
du reflet de la gaze ; son souffle était doux
comme celui d'un enfant, et un sourire errait
sur ses lèvres fraîches et entr'ouvertes.

—O ma sœur ! murmura Juanita en tombant
doucement à genoux, ma pauvre petite Josepha,
est-ce toi que j'ose haïr ? toi que j'ai bercée dans
mes bras, et qui m'aimais tant, quand tu étais
enfant, que notre mère en était jalouse ; toi qui,
devenue grande et si jolie, n'as jamais eu la
pensée de la plus légère vanité ; toi à qui j'ai
imposé de toutes les douleurs la plus amère.
O ma sœur, ma sœur !

Et la changeante et impressionnable Espagnole
passa rapidement d'une violente colère aux sentimens les plus doux et les plus tendres. Josepha
se réveilla et s'inquiéta de voir sa sœur si pâle
et si bouleversée.

—Tu ne me comprendrais pas, chère enfant,

répondit doucement Juanita, tu ne sais pas, toi, tous les tourmens que peuvent nous causer la jalousie et le remords.

Ce dernier mot expira entre les lèvres de Juanita.

— La jalousie, reprit doucement Josepha; ah! ma sœur, qui pourrait te l'inspirer, à toi si belle, si recherchée, à toi qui fais tout oublier? Et la naïve enfant prononça ces mots à voix basse, car elle sentit qu'il y avait un reproche dans son éloge. — Mais, reprit-elle, laisse-moi relever tes cheveux, Juanita, laisse-moi réparer le désordre de ta toilette. Ne veux-tu pas descendre, voici l'heure du lever de notre mère?

— Je ne paraîtrai pas d'aujourd'hui, Josepha.

— Impossible! ma sœur; ne te souvient-il plus que notre cousine donne un grand déjeûner sur la terrasse du jardin, sur cette terrasse si bien ombragée, que l'ardeur du midi n'y peut pénétrer, et que le colonel de M... a promis d'envoyer la musique de son régiment.

— Le colonel sera donc de ce déjeûner, Josepha ?

— En peux-tu douter ? Il est invité ainsi que
plusieurs généraux...

— Et Zéphon, Lefèvre, et sans doute M. de
Velly ?

Les deux sœurs baissèrent les yeux en même
temps, car elles ne prononçaient jamais l'une ou
l'autre sans embarras le nom d'Edmond.

— Ma sœur, repose donc jusqu'à ce moment,
reprit Josepha, moi, je descends auprès de
notre mère.

— Dormir, non, non ! Envoie-moi Manuella,
entends-tu ? envoie-la de suite.

— Et pourquoi ne veux-tu pas que je t'habille, ma sœur ?

— Parce que j'ai besoin de Manuella, répéta
Juanita avec impatience, envoie-la-moi donc.

Et jusqu'à l'arrivée de la camériste, Juanita
se promena avec agitation dans son appartement. Enfin, celle-ci parut.

— Manuella, il faut que tu t'informes si M. de Velly est à Toro, s'il ne lui est rien arrivé, pourquoi enfin nous ne l'avons pas vu hier ; tiens, voilà de l'argent.

—C'est inutile, senora ; je sais pourquoi vous n'avez pas vu M. de Velly, mais vous n'avez pas été seule un instant, et j'ai pensé qu'il était inutile de parler de M. Edmond en présence de dona Josepha.

Juanita rougit un peu, mais une impérieuse interrogation sortit bientôt de ses lèvres.

— M. de Velly est aux arrêts, continua Manuella, le colonel a envoyé cet ordre de la route, et c'est le fourrier Desgranges qui en était chargé. Il est venu me le dire, car il me dit tout, c'est mon *cortejo*.

Juanita détourna la tête avec hauteur, tant elle se sentit blessée d'une telle confidence, mais elle avait perdu le droit d'imposer silence à sa confidente ; Manuella poursuivit :

—Le colonel est furieux contre M. de Velly,

il voit bien , senora, que c'est à cause de lui que vòus ne l'aimez plus, c'est du reste le bruit qui court dans le régiment.

— Le bruit qui court, Manuella ? Quoi ! suis-je donc la fable de l'armée? le colonel ose-t-il s'entretenir de moi ?

—Oh ! les Français, reprit Manuella en essayant de commencer la toilette de sa maîtresse, il ne faut compter ni sur leur constance, ni sur leur discrétion ; ils disent tout ce qu'ils savent, et même ce qu'ils ne savent pas. — Senorita, mettrai-je des grenades ou une branche d'orangers dans vos cheveux ?

— Rien! rien! s'écria Juanita arrachant les fleurs des mains de la camériste; je ne veux voir personne, je ne veux pas voir le jour.

Et, cédant à la violence de ses passions, sans empire sur elle-même , Juanita se jeta sur son lit et pleura amèrement.

La pauvre Manuella, désolée d'avoir parlé si légèrement, se mit aux genoux de sa maî-

tresse, lui demanda vingt fois pardon, et parvint à la consoler un peu et à lui persuader
qu'elle ne pouvait se dispenser de paraître au
déjeûner que donnait dona Vicenza.

— Mais vois comme la douleur m'a faite, disait Juanita en se levant à demi sur son lit;
vois mes joues pâles et mes yeux ternes.

— Quand vous les aurez baignés dans de
l'eau de rose et que j'aurai fait un diadême de
vos brillans cheveux noirs, vous serez encore la
plus belle, senorita; et tenez, ajouta-t-elle
en courant cueillir sur le balcon plusieurs nouveaux boutons de grenade, voyez quel effet
délicieux font ces fleurs rouges; elles relèvent
si bien l'éclat de vos yeux, qu'on ne dirait pas
que vous avez pleuré, et si vous le vouliez,
hermosa Juanita, les arrêts de ce pauvre petit
lieutenant seraient bientôt levés.

— Si je le voulais, Manuella?

— Oh! mon Dieu oui, avec quelques coquetteries au colonel, et surtout en vous servant

de ce brillant *abanico* qu'il vous apporta il y a
déjà long-temps, et en ne lui faisant pas des yeux
si sévères, soyez sûre que tout s'arrangerait;
car tenez, senora, il m'est arrivé, à moi,
quelque chose d'approchant. Avant que le fourrier Desgranges ne fût mon *cortejo*, c'était le
maréchal-des-logis Robert que je préférais; ils
ont voulu se quereller, hé bien! je me suis un
peu raccommodée avec Robert, et....

Juanita arracha avec hauteur des mains de sa
camériste l'*abanico* qu'elle lui présentait et descendit chez sa mère. Mais les paroles de Manuella ne furent cependant pas sans effet; dé-
vorée par la crainte de ne plus voir Edmond,
tourmentée de l'idée que s'il ne s'expliquait pas
lui-même, madame de Valeria insisterait pour
qu'elle épousât don Luiz; en proie à une passion à laquelle elle n'imposait ni le frein de la raison, ni celui de l'honneur, Juanita en vint à se
demander pourquoi elle n'emploierait pas la
ruse pour revoir celui qu'elle aimait; pourquoi,

sans précisément renouer avec le colonel, elle ne lui laisserait pas croire qu'elle y consentirait un jour. Enfin, avec une imprudente confiance, elle crut qu'elle serait la plus habile, parce qu'elle était femme. D'ailleurs, il faut l'avouer, à l'espoir de se rapprocher d'Edmond, se mêlait le plaisir de faire du colonel un moyen pour assurer son bonheur. Ne l'avait-il pas trompée, lui, ne l'avait-il pas séduite, n'avait-il pas, pour y parvenir, parlé de liens éternels? Et depuis qu'elle s'était montrée faible, n'avait-il pas feint de ne pas l'entendre, quand elle avait regretté devant lui son honneur et son avenir détruit? Oh! elle avait bien à se venger; et puis n'était-il pas indigne à cet homme d'abuser de son grade, pour éloigner un rival, pour l'abreuver de dégoûts, parce qu'il était préféré? Oui, en vérité, ce serait de bonne guerre tout ce qu'elle emploierait contre lui. — Et elle était décidée, quand elle entra dans le salon de dona Vicenza.

VI.

———

Josepha, simple et modeste comme de coutume, s'effaçait derrière le fauteuil de la marquise et écoutait en rougissant les complimens pleins de galanterie mais de mesure qu'on lui adressait toujours devant sa mère. La douce enfant avait redouté de voir arriver Juanita abattue et changée ; elle avait même déjà dit quelques mots de cette inquiétude, quand elle vit entrer sa sœur, l'œil brillant, la tête haute, sa belle taille plus fière, plus majestueuse que jamais. En un instant, tous les hommages l'environnèrent, ceux du colonel de M... ne se firent point attendre ; comptant sur les rigueurs dont elle l'accablait depuis long-temps, il ne prononçait qu'en hésitant quelques insinueuses louanges, quand un coup d'œil plus doux, un sourire où il ne découvrit ni amertume, ni mépris, entr'ouvrit des lèvres qu'il voyait depuis si long-temps dédaigneuses. A l'instant Raoul ne se sentit plus le même; ce changement flattait trop sa vanité pour ne pas influer d'une manière marquante sur son esprit, et ce fut entre lui et Juanita un assaut de ruses et de coquetteries qui devait être facilement remarqué. Les personnes qui venaient habituellement chez madame de Valeria, n'avaient pas été sans deviner l'intrigue du colonel avec la fille de la marquise ; une partie savait ou présumait du moins — car il est rare que les hommes ne fassent pas d'un doute de ce genre une assertion — beaucoup donc présumaient que la belle

Espagnole avait été plus que faible avec lui, et
pensaient qu'elle serait peut-être bien heureuse,
si le colonel voulait réparer le tort qu'il avait
fait à sa réputation : d'autres, et c'était le plus
grand nombre, se divertissaient de ces amours
d'un jour, et semblaient satisfaits de les voir finir,
dans l'espoir d'avoir leur tour. Quelques autres
avaient deviné la rivalité du colonel et d'Edmond, et s'amusaient beaucoup de cette double
intrigue qui leur donnait matière à distraction. La vie militaire prête plus qu'on ne
croit au commérage de société ; un officier
en pays étranger regrette presque toujours
quelqu'un dans sa patrie, il ne s'attache à rien
sérieusement ; et, comme il n'est jamais sûr
que le jour qui commence ne sera pas le dernier,
il se hâte d'être gai, pour ne pas être sensible.
D'ailleurs, partout où il y a des femmes, et par
conséquent de l'amour, il y a toujours aussi du
blâme pour la folie qu'on voit commettre en
faveur d'un autre ; pourtant tel qui jette l'ana-

thême sur l'imprudence d'une femme, eût été
fier d'en avoir été la cause. Toutes les têtes des
jeunes hommes étaient donc occupées de l'apparence de réconciliation qu'on devinait dans le
maintien orgueilleusement modeste du colonel,
quand le capitaine Zéphon entra. C'était là où
Raoul attendait Juanita, mais elle était dans ce
moment aussi fine que lui, elle ne répondit que
froidement et de loin au salut de l'ami d'Edmond.

On annonça que le déjeûner était servi, et les
convives de dona Vicenza se rendirent sous la salle
d'arbres. Un des côtés, formant terrasse, était
cintré par une grille à hauteur d'appui, donnant
sur le Duero ; ses flots argentés roulaient calmes
et purs, une immense quantité d'orangers et
de fleurs avait été rassemblée ; et au milieu
était placée une vaste volière dans laquelle vol-
tigeaient de jolis oiseaux, dont le doux ramage
s'unissait à une musique gracieuse et vive qui
partait d'un pavillon placé au bout de la terrasse. Le temps était ravissant, la matinée eni-

vrante, de l'émanation des fleurs agitées par un vent chaud et doux.

Placé à table, à côté de Juanita, le colonel avait eu soin d'amener adroitement une discussion politique et intéressante entre madame de Valeria, sa parente et plusieurs généraux, dont un était arrivé tout nouvellement de France; les autres officiers causaient entre eux, et au bout d'un moment, il put s'occuper exclusivement de Juanita. Que lui importait de la compromettre davantage, que lui importait les nouvelles promesses qu'il allait lui faire, les sermens qu'il allait de nouveau violer? Tout serait bientôt fini, car il tenait dans sa poche l'ordre du ministre de la guerre de rentrer en France avec son régiment. L'essentiel, avant de quitter l'armée, c'était de reconquérir cette fière Espagnole qui l'avait blessé dans ce qu'il y avait de plus sensible chez lui, son amour-propre. Elle lui en offrait le moyen en revenant à lui; quel qu'en fût le motif, auquel même sa vanité ne se trompait qu'à demi, quel

qu'en fût le motif, il était décidé à en profiter ;
aussi, à la fin du repas, quand les têtes, légèrement échauffées, virent en beau les événemens
les plus sinistres, et ne rêvèrent que victoires et
triomphes, quand les voix s'élevèrent gaiement
et disputèrent à demi, le colonel profita de ce
tumulte, pour presser Juanita de lui répondre
moins vaguement.

— Ah ! vous ne savez pas, lui répétait-il avec
une passion contenue, vous ne savez pas Juanita, tout ce que j'ai souffert pendant les jours
cruels où vous me traitiez si sévèrement, où
votre coquetterie pour un autre....

— Mon Dieu ! interrompit-elle avec une feinte
bonhomie, mon Dieu ! est-il possible, Raoul,
que vous ayez été sérieusement jaloux ? Il y a
donc quelque vérité dans les bruits que l'on ré-
pand et qui me font tant de tort ; c'est vous seul
qui avez donné de l'importance à un jeu d'enfant ; on assure même que c'est par votre volonté
que M. de Velly est resté si long-temps ici ;

que c'est même pour l'empêcher de me voir
que vous l'avez mis aux arrêts.

— On croit donc que je le redoute ?

— Mais vous vous en êtes donné l'apparence ;
il me semble pourtant que vous avez bien des
raisons pour ne redouter personne.

— Il est jeune et beau, prononça le colonel
avec effort.

— A-t-il sur moi les droits que je vous ai si
imprudemment donnés ?

— Est-il bien vrai, murmura le colonel en
attachant sur elle un regard scrutateur et jaloux, est-il bien vrai que jamais ?...

— Jamais, répondit-elle avec hauteur, je
vous le jure.

Ils seront séparés dans deux jours, pensa le
colonel, et le triomphe de cet Edmond n'aura
été que celui d'un enfant qui ne connaît pas les
femmes. Je veux donc lui prouver, à elle, que
je ne crains pas ce petit Adonis, à peine sorti de

8

l'école ; et il se tourna l'œil rayonnant vers Juanita.

— Confiance pour confiance, dit-il à voix basse, je lève à l'instant même les arrêts de M. de Velly, si vous promettez de me voir ce soir, ce soir même dans ce jardin. Juanita, j'ai à vous parler de notre avenir.

— De notre avenir, Raoul, pensez-vous réellement au mien ?

— Si j'y pense, répondit-il, pressé de la convaincre et rencontrant le regard de Zéphon fixé avec mépris sur Juanita ; si j'y pense, pouvez-vous me le demander ? Croyez-vous que je ne sois point jaloux d'avoir sur vous des droits que personne au monde ne pourra plus me disputer ? Consentez donc à m'entendre, et fiez-vous à mon amour pour prendre les précautions les plus minutieuses. Je viendrai par la grille qui donne sur la rivière, je saurai m'en procurer la clef.

— Oh ! non, murmura-t-elle faiblement,
non.

Cependant, la pensée de la captivité d'Edmond qui pouvait se prolonger et l'empêcher
de le voir quand elle n'avait plus qu'un jour,
quand la nuit suivante don Luiz devait venir
chercher sa réponse, quand sa mère exigerait
peut-être qu'elle partît avec lui ; — car Juanita
remarquait facilement que la marquise jetait
des regards mécontens sur elle et sur le colonel,
et que sa fausse position vis-à-vis des Français
l'empêchait seule de faire éclater son ressentiment, — cette pensée la bouleversa tellement
que, ne sachant à quel parti s'arrêter, domi-
née par les passions auxquelles si jeune, elle
avait abandonné son âme, Juanita baissa les
yeux et ne répondit rien.

— Je prends votre silence pour un consentement. A minuit, je serai à la petite grille de la
terrasse, dit Raoul avec passion ; laissez-moi ce
petit meuble jusqu'à ce soir, ajouta-t-il en

s'emparant de l'éventail délaissé si long-temps.
Je vous l'avoue, en le voyant aujourd'hui
dans vos belles mains, quelque chose de res-
semblant à l'espérance s'était glissé dans mon
âme, et je n'ai point été trompé. O ma belle
Juanita.

Et il l'enveloppait de ses ardens regards, et
il faisait baisser les yeux si purs de Josepha
qui suivait cette scène avec inquiétude.

— Non, non, balbutia pourtant Juanita essayant de reprendre l'*abanico*, je ne puis;
d'ailleurs, tiendrez-vous vos promesses, et le-
verez-vous les arrêts de M. de Velly?

Raoul comprit tout; à ce mot tout lui fut expli-
qué, et un profond mépris, une haine passionnée,
vint détruire le peu d'entraînement et d'amour
qui vivait encore dans son âme; et si jamais il
avait eu des remords, les paroles de Juanita les
auraient éteints; mais il n'en avait pas, il n'en
avait jamais eu.

— Voici ma réponse, dit-il en lui passant ses

tablettes, sur lesquelles il venait d'écrire l'ordre qui levait les arrêts d'Edmond, et pour vous prouver ma confiance, Juanita, je veux qu'il danse demain au bal que je donnerai; car demain, Juanita, ce sera une belle fête, demain vous serez à moi, plus que jamais à moi.

Ces mots firent sentir à Juanita l'importance de ce qu'elle venait de promettre; son sang se retira de son cœur, et un pressentiment de malheur s'empara d'elle pour ne plus la quitter; elle fit même quelques efforts pour se faire écouter de Raoul, pour le dissuader, pour échapper à sa destinée; mais lui, enivré de vanité, de vengeance, feignit de ne pas l'entendre, et se levant, il dit avec cette grâce remplie de courtoisie qui lui donnait un grand succès dans le monde :

—Madame la marquise, et vous, notre aimable hôtesse, veuillez accepter, pour demain, chez moi, un petit bal improvisé; vous par-

donnerez si la fête d'un soldat ne vous offre
pas la grandeur et le luxe auxquels vous êtes ac-
coutumées, mais je suis sûr que votre accepta-
tion, si vous daignez la donner, sera suivie par
plusieurs dames de cette ville, que vous serez
assez bonnes pour me désigner.

— Je croyais, dit madame de Valeria après
avoir accepté, je croyais que S. M. comptait
se remettre en route demain au point du jour.

— Non, madame, dit le général de F., il attend ici une réponse. Puis, s'adressant à M. de
M... : — Mais, colonel, on ne peut que vous fé-
liciter de savoir si gaiement faire vos...

Raoul sentit que cette réflexion commencée
pourrait amener quelques révélations sur son
départ personnel, et il s'écria avec beaucoup
de présence d'esprit :

— Me blâmeriez-vous, général, d'embellir
pour nos aimables partisans, les dangers et les
fatigues de la guerre? D'ailleurs, ajouta-t-il de

manière à ce que Juanita pût seule l'entendre,
d'ailleurs, je célèbre demain le plus beau jour
de ma vie.

La soirée était avancée, plusieurs affaires importantes appelaient une partie des convives, et
on se sépara. Au moment où le capitaine Lefèvre allait sortir, Juanita, sachant à peine ce
qu'elle faisait, le rappela doucement :

— Excusez-moi, senora, dit-il en s'inclinant
froidement, mais il est un nom qui me sem-
blerait maintenant une offense dans votre bouche, et je m'éloigne pour ne pas l'entendre.

— Eh bien! Josepha, eh bien! tu l'as compris, s'écria Juanita hors d'elle-même, suis-je
assez malheureuse....

— Hélas! je ne puis te consoler, ma sœur,
car je ne te conçois pas, répondit Josepha;
jamais je ne t'ai vue plus brillante qu'à ce déjeûner; tu écoutais le colonel, tu lui répondais
avec tant de plaisir, sans songer que ce pauvre
Edmond était retenu par son ordre; tu riais,

tandis que moi j'avais bien de la peine à retenir
mes larmes.

—Tu peux pleurer, Josepha, mais moi...

—Ah ! les larmes sont toujours permises aux
femmes, reprit celle-ci naïvement, et je ne pouvais m'empêcher d'avoir envie d'en répandre à la
pensée du chagrin qu'aurait Edmond quand son
ami lui raconterait combien tu paraissais heureuse. Ma sœur, jamais je ne t'ai parlé comme
je te parle ce soir, mais va, je savais bien
qu'Edmond t'aimait, et je croyais que tu l'aimais aussi.

—Tu ne le crois donc plus, Josepha ?

— Non , car si tu l'aimais pourrais-tu te
plaire à écouter les complimens de ce colonel si
violent, si hautain, et qui retient injustement
M. de Velly ; devrais-tu lui faire tant d'accueil ?

— Et cependant j'aime Edmond avec ardeur,
avec passion, ma sœur ; je ne pourrais vivre
sans lui, je ne pourrais le voir à une autre.

— Comme nous sentons différemment, Jua-

nita; moi aussi j'aime Edmond, mais je sacrifie-
rais mon propre bonheur au sien, et même je
le sens, j'aimerais la femme qui le rendrait heureux. Tiens, Juanita, il faut que je te dise ma
pensée tout entière : eh bien ! je t'en veux plus
de ne pas savoir l'aimer que de l'avoir éloigné de
moi. Ma sœur, toi si brillante et si belle, que de
mal tu te fais avec tes détours et ta coquetterie;
non, non, je ne puis te comprendre, il me semble
qu'une femme ne doit chercher son bonheur que
dans la droiture et la simplicité; et je remercie
Dieu de ne pas m'avoir donné les grâces et l'esprit qui attirent et savent tromper. Jamais, peut-
être, je n'aurai de succès dans le monde, mais
jamais aussi je n'aurai troublé le repos de personne. Pauvre Juanita ! pauvre sœur, je ne
sais pourquoi ton avenir m'épouvante.

En parlant ainsi la jeune fille fixait son œil
calme et pur sur le ciel du soir qui commençait à scintiller de brillantes étoiles. Ses bras
s'étaient naturellement croisés sur sa poitrine ;

---

et cette position, jointe à ses grâces modestes, à la pureté de ses traits, lui donnait une beauté si angélique que sa supériorité frappa pour la première fois Juanita. Une certitude amère, cruelle, entra dans son âme passionnée et jalouse, et de ses lèvres contractées sortirent, malgré elle, ces paroles :

— Edmond l'aimera ; il est impossible qu'il ne l'aime pas. — Et elle se détourna de l'innocent objet qui lui inspirait tour à tour de l'amitié et de la haine.

— Ma sœur ! s'écria Josepha en voulant la retenir, ma sœur !

— Laisse-moi, répondit celle-ci d'une voix glacée, laisse-moi.

Elle voulut demeurer seule.

VII.

———

Long-temps Juanita resta plongée dans une stupeur profonde, irritée contre elle-même et contre ce qui l'entourait, détestant surtout cet homme qui l'avait enlacée dans ses piéges, qui l'avait jetée dans une route si dangereuse. Car, impérieuse et passionnée, c'était toujours les autres qu'elle accusait de ses fautes. Dans l'horreur que lui inspirait son souvenir, elle se mit à fuir jusqu'au fond de son appartement; le danger de sa situation, la honte dont elle s'était publique-

ment couverte, la difficulté de sortir du chemin
dangereux qu'elle suivait depuis trop long-temps,
tout livra son âme faible et pourtant si passionnée à un sombre et inutile découragement. Ce
fut surtout le silence d'Edmond qui portait le
désespoir de Juanita à son comble.

Pourquoi ne lui avait-il pas écrit ; qui lui répondait qu'il n'eût pas changé, que les sévères
représentations de sa mère, les conseils de son
ami Zéphon, qui lui avait sans doute raconté son
imprudente conduite vis-à-vis le colonel, n'eussent pas diminué son amour ; qui lui disait enfin
qu'Edmond ne fût pas entièrement détaché
d'elle ?

Nous portons toujours en nous-mêmes la
punition de nos fautes : Juanita était d'un caractère plus emporté que tendre ; la jalousie,
née de la vanité, jouait un grand rôle dans tous
ses sentimens : elle ne pouvait être confiante,
elle qui se sentait si peu faite pour inspirer la
confiance, et mille fantômes de femmes s'uni-

rent bientôt à la gracieuse image de sa sœur
pour lui former des rivales ; ses yeux, naguère
encore si remplis de coquetterie, se gonflèrent
de larmes rares et brûlantes arrachées aux passions exagérées ; elle tordit ses mains, rejeta
avec violence les tresses de ses longs cheveux,
et tomba à genoux non pour prier, mais pour
maudire. Faible femme, créée par Dieu pour
souffrir, elle osa pourtant employer le murmure
et la menace.

Mais après ce paroxisme de douleur violente
ou plutôt de colère, elle ressaisit l'espérance
qui renaît si vite avec la jeunesse. Pouvait-il
cesser de l'aimer, cet Edmond si tendre et si naïf,
qui lui avait fait tant de sermens, au nom de
l'amour et de l'honneur... Mais quand, pour se
rassurer de la crainte du changement d'Edmond, Juanita descendait dans son cœur, c'é-
tait dans son cœur aussi qu'elle trouvait sa plus
sûre condamnation ; elle ne pouvait se rappeler
sans honte la folie qui l'avait jetée dans les

bras du colonel, cette folie, elle ne s'en souvenait plus que pour la maudire, et son caractère emporté l'entraînant toujours au-delà des
bornes de la raison, elle livrait tour à tour son
cœur sans courage à la haine, à l'amour. Elle s'a-
bandonnait ainsi à l'exgération qui conseille mal,
à la jalousie qui rend injuste; incertaine sur ce
qu'elle devait faire, elle avait besoin d'un événement, fût-il funeste. Elle se leva pour aller trouver le colonel et lui dire... quoi?... que lui di-
rait-elle?... ce qu'il avait sans doute déjà deviné : .... que la tendresse qu'elle lui avait montrée n'était qu'une ruse pour obtenir la liberté
d'Edmond.

Enfant gâté de la nature, Juanita avait reçu
d'elle la beauté qui enchante, les grâces qui attirent, l'esprit qui retient. Eh bien! elle avait détruit tous ses avantages, en cédant sans combattre
aux passions qui dégradent un cœur de femme;
enfin plusieurs hommes pouvaient parler d'elle
avec mépris, et quelles que fussent sa beauté, sa

jeunesse, sa richesse et la splendeur de son nom, il n'y en avait peut-être pas un qui voulût lui donner le sien. Juanita était trop fière pour ne pas se révolter à cette pensée, et pour elle, il n'y avait plus ni calme ni prudence, aussi se détermina-t-elle quoi qu'il pût en arriver, à ne pas rejoindre le colonel et à écrire à Edmond. Elle fit ce qu'une femme ne doit jamais faire : elle lui demandait une explication, elle la lui demandait avec des menaces et des reproches.

Minuit sonnèrent ; à ces heures plusieurs fois répétées, Juanita sentit son cœur défaillir, il lui sembla que ces coups qui tombaient lentement sur l'airain, décidaient sa destinée.

Don Luiz était dans la maison, elle en était certaine ; sa mère n'avait point manqué de lui rappeler qu'à son réveil, il faudrait qu'elle le vît et qu'elle lui donnât une réponse définitive. Cependant elle était sûre que si elle s'expliquait avec Edmond, s'il la demandait à sa mère, quelle que

fût la répugnance de la marquise, elle ne résis-
terait ni à ses larmes ni à son désespoir; sans
doute la présence de don Luiz serait un obstacle, mais ses devoirs le rappelaient près de ses
frères d'armes; et si elle pouvait éviter de s'expliquer avec lui et quitter l'Espagne avec Edmond,
elle était sauvée; enfin, elle se fiait encore à son
adresse, et c'était beaucoup pour Juanita que
d'obtenir son bonheur de la ruse, elle qui avait
toujours bâti sa destinée avec elle.

Sa lettre à M. de Velly étant achevée, elle entendit encore sonner une heure, puis deux. Mais
enfin, vaincue par tant de fatigues et d'agitation,
elle tomba dans un profond sommeil, bien dé-
terminée pourtant à ne pas attendre que le jour
fût avancé pour avoir la réponse d'Edmond;
mais une porte poussée avec violence lui fit su-
bitement ouvrir les yeux, et aux faibles rayons
du matin, elle reconnut sa mère. Celle-ci s'a-
vança, pâle, tremblante, et presque prête à

maudire, et saisissant la lettre que Juanita venait d'écrire, elle l'approcha de la bougie et le
papier fut consumé.

—Insensée ! s'écria-t-elle avec cette indignation de mère qui donne une si grande puissance à l'organe, même le plus doux; insensée!
avez-vous donc pu croire que vous échapperiez
toujours à ma surveillance ? avez-vous pensé
que je ne devinerais pas que votre folle conduite d'hier cachait une ruse ou un crime? Cependant, je l'avoue, je vous estimais encore
trop pour ne pas croire, si je ne l'avais vu,
que vous oseriez souiller le toit d'une personne
respectable, le toit sous lequel dormaient votre
mère et votre innocente sœur. Je vous estimais
trop enfin pour supposer un instant que vous
exposeriez la vie d'un parent, de votre fiancé,
en donnant rendez-vous à un de ses ennemis
dans la maison où il a choisi un asile.

— Grand Dieu ! s'écria Juanita, don Luiz
serait arrêté ?

9

— Paix! imprudente! paix! écoutez quelle sera votre destinée et ma volonté : — Voulant régler quelques intérêts avec don Luiz, qui devait se tenir caché tout le jour, je l'avais engagé à se rendre cette nuit dans mon appartement ; nous étions assis auprès d'une fenêtre ouverte, et depuis quelques momens j'étais parvenue à le calmer, enfin il allait me quitter plus tranquille sur vos sentimens, quand je crus entendre du bruit dans le jardin. Il l'entendit sans doute comme moi, car avant que j'eusse pu l'arrêter, il éteignit la lampe dont la faible lueur, du reste, n'avait pu être remarquée au travers des persiennes, hermétiquement fermées.

— « Il y a quelqu'un dans le jardin, me dit-il alors d'une voix basse et avec une fureur concentrée ; c'est le colonel de M... »

— Je voulus rejeter cette supposition.

— « Ecoutez, reprit-il impérieusement, je n'ai pas tout dit devant Juanita, parce que je l'aime

encore et que j'aurais craint de l'humilier, mais
moi seul je la crois innocente; moi seul, entendez-vous, ma tante ? Mais je ne le crois
plus, poursuivit-il en tirant un poignard caché dans sa ceinture, et le colonel ne sortira
pas vivant d'Espagne. »

— Sortir d'Espagne ? m'écriai-je.

— « Oui ! continua-t-il, il part demain au
jour, et le bal qu'il va donner ce soir est pour
afficher son nouveau triomphe sur votre fille;
car hier il s'est réconcilié avec elle, il s'en est
vanté à un officier, avec lequel il est sorti d'ici
à la nuit tombante; j'arrivais, j'ai tout entendu..... tout ! Il parlait vite et presque bas;
mais j'ai bien compris qu'il s'agissait de rendez-vous, de jardin; la chose est expliquée
maintenant, c'est le colonel de M... qui est ici,
et probablement Juanita est avec lui. »

— Impossible ! m'écriai-je en l'arrêtant, car
j'ai fermé la porte qui donne sur l'escalier.

— « Vous voyez donc bien, ma tante, que vous aussi la soupçonniez. »

— Hélas! reprit madame de Valeria avec une profonde douleur, quelle que fût mon indignation, Juanita, je frémis de regret de ce qui venait de m'échapper; était-ce à une mère à déshonorer sa fille? Cependant, don Luiz tremblait de colère et j'eus besoin pour la surmonter de lui prouver que ce serait se perdre sans honneur, que ce serait compromettre notre parente qui nous donnait l'hospitalité, que d'aller, dans son propre jardin, trouver le colonel. La certitude que vous ne pourriez le rejoindre aidant à ma prière, je le retins pendant deux heures, deux heures, pendant lesquelles j'entendis des paroles bien cruelles, ma fille, car don Luiz mêlait à ses menaces contre le colonel des expressions de mépris pour vous. Enfin, j'entr'ouvris la fenêtre, le jour commençait à paraître et il n'y avait plus personne; cepen-

dant, après avoir obtenu de don Luiz qu'il se re-
tirât, je ne sais quel pressentiment de prudence
et d'effroi me poussa à me rendre au jardin ;
j'approchai jusqu'à la grille du bord de l'eau, elle
était restée ouverte, des pa d'homme se distin-
guaient facilement sur le sable ; et, pour qu'aucun doute ne manquât à votre déshonneur, ma
fille, voici votre *abanico* que votre séducteur a
déposé, sans doute comme une amère ironie,
une offensante allusion, sur le piédestal de la
statue de la **Pudeur** qui orne le jardin.

En achevant ces paroles, madame de Valeria
jeta devant sa fille le brillant éventail que l'imprudente avait laissé la veille entre les mains
du colonel. Juanita jeta un cri et tomba aux
pieds de sa mère.

— Écoutez, dit celle-ci, écoutez, Juanita, il
ne s'agit plus ici de ruses et d'intrigues ; ne
m'apprenez rien du passé, car je veux vous es-
timer encore. Edmond est perdu pour vous,
lui et le colonel partent pour la France demain,

une seule ressource vous reste encore, c'est l'a-
mour de votre fiancé. Peut-être l'honneur vous
défendrait-il d'appartenir à personne, mais je
suis mère avant tout, ma fille; je suis mère et
je vous ordonne d'épouser don Luiz.

— Et Raoul, ma mère, puisqu'il m'a flétrie
par cette odieuse conduite, pourquoi ne serait-
il pas mon époux? Je me séparerai de lui
aussitôt qu'il m'aura donné son nom, qu'il aura
réparé...

A cette question, faite avec l'accent de la vérité,
madame de Valeria pressa sur son cœur la tête
de sa fille.

—Quoi! dit-elle avec transport, tu ignorais? tu ne savais pas?... Oh! pardonne, mon
enfant, pardonne, je te croyais plus coupable et
je suis presque heureuse...

— Et de quoi donc, ma mère, dit Juanita
se dégageant des bras de la marquise, de quoi
pouvez-vous être heureuse à présent?

—De ce que tu n'es pas aussi vile que je le

croyais, Juanita, de ce que tu ignorais que le colonel fût marié...

—Marié ! répéta Juanita d'une voix creuse, marié... ! Vous êtes sûre que Raoul est marié, ma mère.

—Hier, le général de G..., qui arrive tout récemment de France, l'a dit à notre cousine, en ajoutant qu'il aurait été nécessaire de mettre fin aux assiduités du colonel, s'il ne partait pas au point du jour.

—Il est marié !... Il part !... L'infâme ! s'écria Juanita oubliant ses propres torts, oubliant que, le croyant libre, elle en avait pourtant aimé la première un autre. — L'infâme ! après tout ses sermens, après tout ce que...

—Par pitié ! tais-toi.

—Vous avez raison, je me tairai, et, comme vous le dites, ma mère, j'épouserai don Luiz, s'il y consent ; mais j'y mettrai une condition.

—Laquelle, Juanita ?

—Je le dirai à lui seul, madame ; ne sentez-

vous pas qu'entre une fille déshonorée et sa
mère, il ne peut plus y avoir de confiance ?

— Juanita, me promets-tu d'être résignée,
de ne faire aucune démarche pour voir Edmond, de venir ce soir au bal, de savoir dissimuler, de n'avoir aucune explication avec le
colonel, me promets-tu d'être calme ?

— Oui, ma mère.

— Don Luiz te conduira auprès de sa mère,
où votre mariage sera célébré.

— Oui, ma mère.

— Me promets-tu de te laisser guider par
mes conseils, de ne faire aucune imprudence ?

— Oui, ma mère.

— Juanita, quelle sombre distraction ! Tes
yeux m'effraient ! Mon enfant, reviens à toi.
Eh bien ! si ce mariage te déplaît, va seulement avec don Luiz à Valence ; je t'y rejoindrai,
et nous verrons alors : l'essentiel est de te sortir
de cette horrible position, ne le sens-tu pas ?

— Oui, ma mère.

— Ma fille, je ne veux pas que tu me répondes ainsi : tu médites, je le crains, quelque nouvelle extravagance, tu veux encore te laisser guider par ta tête, Juanita; je t'en conjure, ne déshonore pas ta mère et le nom de ta sœur !

— Il sera beau ! s'écria Juanita avec un amer sourire. Josepha de Velly, n'est-ce pas, madame ?

— Non, non, pas à présent... peut-être jamais..., ou du moins plus tard, un jour... quand tu l'auras oublié.

— Oublié, lui, Edmond ! oh ! jamais, ma mère, je l'aimerai jusqu'à mon dernier soupir.

L'imprudente ! ce n'était pas la première fois que ces paroles brûlaient ses lèvres.

— Allons ! du courage, mon enfant, reprit la marquise, je vais t'envoyer Manuella avec quelque calmant, et puis tu essaieras de prendre un peu de repos. Mais tu sais ce que tu m'as promis pour ce bal.

— Oui, répondit Juanita d'un accent con-

tenu, mais avant d'y aller, je veux parler à don
Luiz, à lui seul, et, jusque-là, je ne veux voir
que Manuella.

— Et moi, ma fille.

— J'ai besoin d'être seule, madame, de réfléchir sur le sort que je me suis fait ; je ne veux
rien qui m'attendrisse et affaiblisse mon courage. Ainsi, jusqu'au moment où nous nous
séparerons, peut-être pour toujours, ne me
parlez pas de mon sort, il est fixé, tout est dit.
Cependant, avant de me quitter, ma mère, bé-
nissez votre fille, votre malheureuse fille; dites-
lui que vous lui pardonnez; dites-lui que si vous
ne devez plus la revoir, que si vous devez reporter sur l'heureuse et pure Josepha toute
votre tendresse, quelquefois cependant vous
aurez un souvenir de regret pour cette terre où
vous l'abandonnez.

— T'abandonner ! ma fille, oh ! non, jamais, s'écria la pauvre mère en sanglotant.
Peux-tu croire que je t'aime moins parce que tu

fus imprudente. Demande à toutes les mères,
elles te diront que l'enfant qu'elles aiment le
mieux est celui qui les afflige le plus. Mais
calme-toi, d'heureux jours te sont encore promis. Après l'amour, Juanita, il y a aussi un
beau rôle pour les femmes : tu seras mère.

— Oui, interrompit la fougueuse Espagnole,
en relevant sa belle tête, je serai mère, et, à
mon tour, j'aurai une fille à qui Dieu aura
donné des passions indomptables et une tête ardente. Je l'éleverai imprudemment; je la laisserai maîtresse d'elle-même, on la flattera, on
l'adulera; puis ces hommes, qui l'auront séduite, l'abandonneront, la livreront au mépris.
A mon tour, je lui parlerai raison : car j'aurai
oublié que je fus coupable comme elle; puis je
lui ordonnerai un mariage qu'elle détestera; et
si elle ne m'obéit pas, je la maudirai peut-être.

— Cruelle enfant, t'ai-je jamais maudite?
s'écria madame de Valeria; ô ma Juanita, je
te bénis, au contraire, comme aux jours où,

jeune et belle comme un ange, tu t'inclinas pour
la première fois devant l'image de Dieu. Je te
bénis, mon enfant, et quoi qu'il arrive, à quelques fautes que te conduise la violence de tes
passions, souviens-toi que je t'ai bénie.

Manuella entra, et madame de Valeria quitta
sa fille, après l'avoir engagée à chercher un peu
de repos.

VIII.

———

— Du repos! murmura Juanita, tandis que
la camériste fermait avec soin la porte de l'appartement, du repos! il semble que ce soit quelque chose qu'on puisse prendre à volonté,
comme un verre *d'agua del neva*. Du repos! il
n'en est point pour moi, pas plus que du bonheur.

— Je vous en apporte, s'écria Manuella, dont
les yeux brillaient de plaisir à l'idée de celui
qu'allait éprouver sa jeune maîtresse, voici une

lettre de M. Edmond, elle renferme même
quelque chose, quelque souvenir sans doute.
En parlant ainsi, la camériste écartait le corset
qui pressait son sein, et posait, auprès de sa
maîtresse, un petit paquet de papiers.

—Qui t'a remis cela? dit Juanita d'une voix
sombre et sans ouvrir le paquet.

— Le fourrier Desgranges, au point du jour ;
il a fait son signal accoutumé, je suis descendue,
il m'a remis cette lettre de la part de son lieutenant. Il avait, du reste, l'air assez triste, et
m'a bien priée de lui accorder un rendez-vous,
pour ce.....

— Laisse-moi, Manuella, laisse-moi.

— Ah ! j'oubliais : je lui ai demandé s'il voulait une réponse, il m'a dit que non.

— Bien, va-t'en, va-t'en, répéta Juanita
d'une voix étouffée, ne laisse entrer personne ;
tu diras que je repose. — Manuella sortit.

Alors Juanita prit le paquet ; et un pressentiment qui ne trompe jamais, lui dit que là était

renfermée toute sa destinée. Edmond n'avait
d'elle que des lettres et une longue mèche de
cheveux, qu'il avait demandée et reçue avec
transport; hé bien, elle en était sûre cependant, tout cela était renfermé dans ce paquet.

L'infortunée, déjà très ébranlée par la nuit
qu'elle venait de passer, était trop disposée à
quelque événement funeste, pour éprouver une
violence aussi exaspérée que de coutume. Elle
se crut même résignée à souffrir avec patience,
parce que, sans se l'avouer, il y avait encore de
l'espérance dans son âme; peut-être se persua-
dait-elle qu'Edmond n'aurait jamais le courage
de rompre entièrement avec elle; peut-être
croyait-elle que cette lettre n'était que le résultat
de ce que lui avait appris Zéphon, de sa conduite de la veille. Et alors elle se rassurait encore
en se rappelant l'amour et la confiance d'Edmond; cependant le paquet restait intact, elle
l'avait saisi et laissé plusieurs fois, sans avoir
le courage de rompre le cachet. Enfin, son ca-

ractère reprit le dessus ; elle s'étonna d'avoir reculé devant une émotion violente, elle qui était
faite pour en vivre, pour en mourir.... L'en-
veloppe fut déchirée ; elle renfermait ses lettres,
et la longue mèche de cheveux que Juanita avait
attachée au cou d'Edmond, et qu'il avait si souvent couverte de brûlans baisers.... Juanita la
laissa tomber à ses pieds, saisit un papier ca-
cheté, c'était une lettre d'Edmond.... L'écriture
en était inégale et tremblante. Elle lut :

« J'ai été votre jouet, Juanita, et je vous ai
« offert, convenez-en, une dupe bien facile. Je
« voulais me taire, je voulais garder, en par-
« tant, le silence de l'indignation et du mé-
« pris. Mais vous fûtes mon premier amour,
« et cet amour qu'il faut que j'arrache de
« mon âme, y laissera une trace ineffaçable ;
« je ne puis plus vous aimer, mais si mes
« prières peuvent avoir quelque puissance sur
« vous, vous n'irez point à ce bal ce soir ; vous
« n'irez point servir de triomphe à cet indigne

« libertin. Ecoutez-moi, pauvre jeune fille;
« oui, pauvre, car toute riche, toute jeune, toute
« belle que vous soyez, vous êtes bien pauvre,
« puisque vous n'avez plus d'honneur. Ecoutez-
« moi : — Hier à huit heures, mes arrêts furent
« levés; et, sans réfléchir que ma première vi-
« site appartenait à mon chef, j'allais courir chez
« madame de Valeria quand Zéphon se présente.
« Je lui demande la réponse du message dont je
« l'avais chargé pour vous; il sourit amèrement
« et veut se taire; je le force à parler, et j'ap-
« prends enfin les détails de votre conduite du-
« rant le déjeûner. J'apprends que c'est à vos
« prières que je dois d'être libre; mais j'apprends
« aussi de quel prix vous payez cette complai-
« sance, car le colonel vous déshonore publique-
« ment. Cependant je veux douter encore, et avec
« cette naïveté dont sans doute vous vous êtes
« moquée cent fois, je m'écrie que cela est im-
« possible, que vous m'aimez, que vous n'aimez
« que moi. Je veux aller me jeter aux genoux

10

« de votre mère, lui demander votre main; Zé-
« phon m'arrête et me conjure d'attendre au
« moins jusqu'au lendemain. Dans cette lutte, les
« heures s'écoulent; et celle où je puis convena-
« blement me présenter est passée; cependant je
« ne puis tenir en place, et je veux au moins me
« rapprocher de la maison que vous habitez.

   « Pendant mon séjour ici, j'avais remarqué
« le jardin de dona Vicenza, et j'entraîne Zé-
« phon de ce côté. Je me jette avec lui dans
« une nacelle attachée sur le bord du Duero;
« et, à mesure que je m'approche du jardin
« de votre parente, mon cœur et mes sens se
« calment; je me sens rafraîchi par cette belle,
« cette admirable nuit. Je pense que tant de fois
« vous en avez admiré de semblables avec moi;
« et qu'il n'est qu'un cœur pur et exempt de trahi-
« son qui puisse fixer le ciel avec exaltation, que
« je renais à l'espérance; et, moins que jamais,
« je veux croire que vous m'ayez trompé. Je le
« dis à mon ami, qui ne me répond que par un

« triste silence, et, au bout de quelques heures,
« il m'engage à me retirer; il m'avertit que le
« jour va paraître. Je cède enfin à ses observations.
« J'ai déjà, par plusieurs coups de rames, éloi-
« gné la barque de la grille du jardin ; et, caché
« par une touffe de saules, je supplie à Zéphon
« de me laisser quelques minutes encore. Tout
« à coup, il me saisit le bras, mon œil suit la
« direction de son doigt tendu avec indigna-
« tion... Que vois-je! grand Dieu! le colonel,
« sortant de la grille du jardin de la maison que
« vous habitez, se jetant dans une barque, et
« abordant à quelques pas de nous où l'attendaient
« deux de ses gens. Le misérable ! il lui faut des
« témoins pour constater votre déshonneur.....
« Juanita, mon front se couvre d'une sueur gla-
« cée à ce souvenir, et je ne puis vous peindre
« ce que j'ai souffert en chassant votre image de
« mon cœur, en la chassant à l'aide du mépris.
« Je n'ai plus rien à ajouter, rien qu'une prière.
    «Oh ! vous que j'ai tant aimée, ne venez point

« à ce bal où cet infâme vous prépare une in-
« sulte. Au point du jour nous partons pour la
« France, et, dans cette fête, il veut vous l'annon-
« cer publiquement pour jouir de votre honte et
« vous laisser le déshonneur et l'abandon. Ne
« lui donnez point cette jouissance, Juanita.
« Mais, soyez tranquille, vous aurez un ven-
« geur, le colonel de M..... ne sortira point
« d'Espagne qu'il n'ait juré de se taire. S'il me
« perce le cœur, souvenez-vous, Juanita, que
« vous aviez trouvé un être dévoué, un être
« tout à vous, dont, sans pitié, vous avez tor-
« turé l'âme, souvenez-vous,.... mais non, ne
« vous souvenez de rien, soyez heureuse ! »

La punition était trop forte, le coup trop
cruel pour la fière Espagnole ; et, quelle que fût
l'énergie de son caractère, elle fut vaincue; ses
nerfs contractés se crispèrent avec une telle violence que rien ne fut un instant comparable à
son état; elle eût fait pitié à son ennemi, à une
rivale. Par malheur, elle ne trouva point dans

ses larmes le soulagement que la Providence
envoie aux femmes en compensation des douleurs qu'elle leur impose; elle ne pleura point.
Ses yeux fixes et brûlans demeurèrent attachés
sur l'écriture d'Edmond; son imagination, dé-
composant chaque lettre, chaque mot, voulait y trouver un autre sens, elle voulait de
l'espérance encore. Mais plus elle relisait, plus
cette dernière compagne du malheur s'éloi-
gnait. Mais aussi, à mesure que Juanita voyait
son sort dans toute son horreur, des pensées de
vengeance se présentaient à elle : d'abord con-
fuses, puis plus positives; repoussées à la première vue avec horreur, puis devenant à la fin
si puissantes que l'infortunée se jeta à genoux
pour prier Dieu de les lui ôter; mais ses lèvres
restèrent muettes, et quand elle voulut crier
miséricorde, elles ne prononcèrent que des blas-
phèmes.

Dans ce moment on frappa à la porte et la

voix de la marquise ordonna impérieusement
d'ouvrir. Juanita cacha la lettre d'Edmond et
obéit.

— Je vois avec plaisir que vous allez mieux,
ma fille, dit la marquise se trompant sur les joues
de Juanita éclatantes d'un rouge vif et sur ses
yeux brillans de fureur ; aussi je viens vous engager à commencer votre toilette. Quand vous
serez prête vous entrerez dans l'oratoire de
dona Vicenza : c'est là où don Luiz vous attend.

— Don Luiz est donc toujours ici, ma mère?

— Il n'a point quitté cette maison, Juanita ;
mais vous le savez, ne m'aviez-vous point demandé de lui parler avant d'aller au bal ?

— Au bal, ma mère? je n'irai point, je ne
puis y aller !

— Malheureuse enfant ! s'écria la marquise,
saisissant le bras de Juanita ; veux-tu donc déshonorer entièrement ta famille? je suis parvenue
à rendre quelque confiance à don Luiz, à lui

persuader que tu n'es point coüpable; en sortant du bal, tu pars avec lui, tout est prêt. Il faut encore dissimuler; le monde accueille ceux qui le bravent, et c'est en luttant avec elle qu'on ramène l'opinion. Si tu ne vas point à ce bal, tu laisseras le champ libre au colonel, il te ménagera moins, et ton absence sera remarquée par dona Vicenza qui a déjà quelques soupçons. Tu sais combien son influence est grande dans la famille. C'est alors qu'on blâmera bien plus fortement encore la faiblesse qu'a montrée ta malheureuse mère...

Et c'était une chose désolante que de voir cette mère, le front chargé de plumes, et de diamans, succombant sous la magnificence et l'éclat, pleurant pourtant comme une misérable femme.

— J'irai, ma mère, j'irai, prononça Juanita avec résolution, et dans un instant je rejoins don Luiz. Mais souvenez-vous que c'est vous qui l'avez voulu!

—Oui, mon enfant! oui, Juanita!

Et la marquise appelait ses femmes, aidait elle-même à la toilette de sa fille. Aussi, elle fut bientôt finie ; alors madame de Valeria l'entraîna, et ouvrant la porte de l'oratoire, elle dit à don Luiz :

— Mon neveu! voici votre fiancée, j'ignore ce qu'elle veut vous dire, mais j'espère que vous serez l'un et l'autre contens de cet entretien.

IX.

———

Juanita tomba sur un siége; don Luiz demeura debout devant elle; ni l'un ni l'autre ne rompirent de long-temps le silence. Enfin, Juanita se leva; et, posant sa main sur le bras de don Luiz, elle lui demanda s'il l'aimait. — Il leva ses grands yeux noirs vers elle, et montrant le jardin :

— Un homme était là cette nuit, Juanita! il y était peut-être de votre consentement, et cependant je crois encore à votre innocence; je veux

croire que vous ne vous êtes point déshonorée,
puisque vous consentez à être à moi. — N'est-ce
pas vous prouver ma folle, mon aveugle passion? n'est-ce pas vous prouver que je ne puis
vivre sans vous?

— Et si, pour me posséder, dit-elle d'une
voix sombre, il fallait s'exposer; s'il fallait m'a-
cheter par la mort d'un homme?

— D'un Français! s'écria-t-il avec exalta-
tation, tu veux donc me rendre trop heureux,
Juanita, car tu sais si je les hais.

— Eh bien! Luiz, il faut tuer le colonel.

— Tuer le colonel, ou s'exposer à être tué
par lui, bien! Juanita, le prix vaut certes le
combat; mais il ne faut pas perdre de temps,
je le crois assez brave pour ne pas me dénoncer,
et ce soir, ou demain au jour, je serai à ses ordres.

— Tu ne m'entends pas, Luiz, il faut le tuer
avec ton stilet.

Il recula.

— J'abhorre les Français ! s'écria-t-il, mais je ne serai point un assassin à moins que l'un d'eux ne m'enlève l'honneur et qu'il ne m'en refuse raison; à moins qu'il n'eût séduit ma femme ou ma sœur.

— Eh bien ! ne suis-je pas ta fiancée ? depuis long-temps ne sommes-nous pas liés par nos sermens ?

— Oui, mais tu m'as juré que tu étais in-nocente.

— Je t'ai trompé, prononça-t-elle froide-ment : le colonel de M... m'a déshonorée, et il est marié !

Don Luiz tira son poignard et le leva sur Juanita.

— Après, dit-elle avec tranquillité; va, crois-moi, je suis lasse de la vie, mais je ne veux pas mourir sans vengeance; vois donc ce que tu veux faire.

— Le tuer ! répondit-il sans hésiter, car c'est un misérable. Il était l'hôte de ta mère; il sa-

vait que tu étais l'unique bien, l'unique consolation d'un proscrit; je le répète, c'est un misérable. Mais, dis, as-tu quelque rendez-vous
où je puisse le frapper?

— Non, mais je vais à ce bal, je lui en donnerai un.

— Comment en saurai-je le lieu?

— Ecoute, reprit-elle, exaltée par la vengeance, écoute : — Je lui dirai de feindre de
recevoir un ordre afin d'avoir l'occasion de
sortir; je lui dirai d'aller se cacher dans le jardin de dona Vicenza; je me justifierai facilement
de ne pas m'y être trouvée cette nuit, en lui
apprenant que ma mère m'avait enfermée. Enfin, ne t'inquiète pas, sa vanité m'aidera assez
à le tromper. Raporte-t'en à moi, nous autres
femmes nous savons les paroles qui séduisent.

Don Luiz sourit amèrement.

— Et comment serai-je sûr s'il va sortir, s'il
consent...

— Sous ce vêtement grossier tu peux te mêler

aux gens de l'alcade chez qui demeure le colonel. C'est hardi, je le sais, mais tu sais aussi
qu'aucun Espagnol ne te trahira; suivant l'habitude, les domestiques viendront se grouper à la
porte du salon pour regarder danser. Il y a du
danger pourtant.

— Après.

— Tu vois cet abanico, Luiz. C'est un don
du colonel, je le tiendrai toute la soirée dans
mes mains; mais, au moment où nous serons
d'accord, où le colonel sera prêt à sortir, je
trouverai le moyen de passer devant toi; l'a-
banico tombera à tes pieds, tu le ramasseras;
ce sera le signal de la mort de Raoul. Ton stilet
est-il sûr?

— Sûr... mais, Juanita, tu vas faire de moi
un assassin! peut-être est-ce ma vie que je
vais te donner ce soir, et ma vie tachée d'un
crime! Si j'échappe, il me faut une récom-
pense. Viens donc ici, continua-t-il en la tirant
avec violence en face d'une madone placée

dans l'oratoire, et jure que rien au monde, rien
ne t'empêchera de me rejoindre, que jamais,
jamais, tu ne te sépareras de moi. La barque
qui doit nous emmener est au bout du jardin.
C'est-là que je t'attendrai.

— J'y viendrai, répondit Juanita d'une
voix tremblante, j'y viendrai. Mais pourtant
si quelque obstacle, si la volonté de ma mère,
si.....

— Je n'accepterai aucune excuse et j'expose-
rai plutôt mille fois ma vie pour venir te chercher; car, je t'en préviens, Juanita, j'aurai sur
toi droit de vie et de mort dès l'instant où j'aurai versé le sang de ton séducteur. Réfléchis
donc, il est encore temps.

A ces paroles, Juanita sentit son cœur défaillir, car les regards de don Luiz étaient effrayans;
elle recula devant le crime qu'elle exigeait de
lui, mais elle sentit crier sur sa poitrine humide
et haletante la lettre d'Edmond, et elle ne pensa
plus qu'au mépris dont cette lettre était em-

preinte, qu'à la séparation éternelle qu'elle annonçait.

— Eh bien ! reprit-elle d'une voix ferme, eh
bien ! quand tu m'auras vengée, attends-moi
dans la barque, j'y viendrai, je te le jure.

— Par la Vierge ! prononça-t-il d'une voix
grave.

Elle étendit la main, et tous deux jurèrent
devant la mère de celui qui pardonne, tous deux
ils osèrent jurer la mort d'un homme.

A cet instant madame de Valeria entra et, re-
fermant la porte avec précaution, elle se mit à parler de tous les arrangemens qu'elle avait pris pour
le départ et pour le voyage; Juanita et don Luiz
entendirent seulement qu'elle approuvait qu'ils
s'embarquassent sur le Duero pour aller retrouver les amis de Don Luiz sur la route de Valence; ils n'écoutèrent pas le reste. Que leur importait l'or dont elle voulait les munir, et toutes
ces précautions de mère; que leur importait

---

si tendres, ses soins à eux qui voulaient se souiller du sang d'un homme.

— Partons, ma fille, dit enfin madame de Valeria, après avoir recommandé à don Luiz de ne pas quitter l'oratoire. Dona Vicenza et votre sœur nous attendent.

Juanita éleva son *éventail* vers la madone, don Luiz baissa la tête, et ils se séparèrent.

— Vraiment, disait le capitaine Delon à Zéphon Lefèvre, vraiment, je ne comprends plus rien aux femmes ; cette fière beauté, si dédaigneuse depuis plusieurs mois, a fait hier des avances très marquées au colonel, et n'a jeté aujourd'hui qu'un rapide regard sur ce pauvre Edmond, triste et abattu comme vous laisse toujours la découverte d'une première perfidie. Heureusement la modeste Josepha tourne vers lui des yeux si doux qu'il est impossible qu'elle ne le console pas un jour. Mais, Dieu me pardonne ! voilà une contre-danse française qui

commence, et le colonel n'a pas honte de figurer
en face de son désolé rival : Juanita elle-même
ose...

— Les femmes, murmura Zéphon, les femmes,
et surtout les Espagnoles, n'ont ni souvenir
ni pitié ; mais qu'importe, Edmond se consolera, et je suis si content qu'il ait échappé à
cette dangereuse sirène, que...

— Allons ! voici l'*abanico* chéri qui fait encore
des siennes, interrompit l'adjudant ; voyez donc,
monsieur Lefèvre, comme cette imprudente
senorita l'agite ; bon ! le colonel le prend à son
tour pour donner de l'air à la belle coquette, et
tout cela malgré les regards irrités de madame
de Valeria. Vraiment, Juanita est pour le moins
aussi inconséquente qu'au déjeûner d'hier ; pauvre folle, elle ne se doute pas qu'à la fin du bal,
notre roué va annoncer son départ pour la
France. En attendant, c'est entre eux un combat d'imprudence et de ruse. Ah ! voilà l'évan-
tail que Juanita laisse tomber et le colonel qui

11

se baisse pour le ramasser. Mais une noire figure d'Espagnol, aussi noire que la *montera*
qui couvre sa tête, a été plus leste que notre
brillant colonel; l'*hidalgo*, — car ils sont tous
hidalgos, fussent–ils même dans la classe des
criados — l'*hidalgo* a ramassé l'*abanico*; et
voyez, il ne le rend pas; mais nos amoureux
pensent bien à autre chose, vraiment; ils se
parlent bas, et.... Capitaine Lefèvre, parions
qu'il y a encore quelque rendez-vous, quelque
mystère sous jeu, regardez M. de Velly.

En effet, pendant que tout ceci se passait,
Edmond, l'œil à la fois rempli de mépris et de
douleur, suivait tous les mouvemens de Juanita
et se demandait si c'était bien là la femme qu'il
avait tant aimée, qu'il avait déifiée; car à vingt
ans on déifie toujours celle qu'on aime. Mais,
s'il avait eu plus de vingt ans, il eût deviné,
sous le sourire de Juanita, sous le rouge foncé
de ses joues et de ses lèvres, la mortelle angoisse
qui brisait son âme; il eût deviné la jalousie

cruelle qui la dévorait à la vue de sa sœur si
simple et si pure ; la rage qui mordait son âme
quand le colonel lui parlait ; il eût deviné plus
encore : c'est que l'infortunée Juanita l'aimait
et n'aimait que lui. Mais Edmond ne vit que
sa perfidie et son imprudence, et il rougit plus
d'une fois de la sentir si indigne du sentiment
qui le passionnait encore malgré lui. Il avait
vu sortir le colonel, et ensuite il avait reporté
ses regards sur Juanita qui, l'œil fixé du côté
de la porte, était devenue d'une indicible pâleur. La mesure marqua une anglaise ; la chaîne
se formait déjà ; cependant Juanita demeurait
comme une statue devant son danseur ; tout à
coup, un coup de feu et des cris interrom-
pirent la danse ; l'orchestre se tut, tous les
pieds demeurèrent immobiles, mais bientôt les
hommes se précipitèrent vers la porte, et les
femmes s'assirent toutes tremblantes.

— Le colonel vient d'être assasiné ! crièrent
plusieurs voix ; on a tiré sur le meurtrier, mais

il a disparu dans l'ombre, et d'une manière fantastique.

Puis s'élevèrent les vociférations, les injures, les menaces ; puis on rapporta le colonel, on l'étendit sur un matelas ; les chirurgiens se mirent à genoux près de lui pour visiter sa blessure, et Juanita demeura là froide comme un marbre, le regardant d'un œil sec, d'où ne sortit pas une larme. Pourtant les chirurgiens s'étaient relevés, car Raoul de M... était mort ; le stilet de don Luiz avait été droit au cœur.

X.

.———

C'ÉTAIT une de ces ravissantes nuits d'Espagne, scintillante d'étoiles, une nuit si calme qu'on
eût entendu l'aile d'un oiseau, le bruissement
d'une feuille; une barque glissait sur les eaux
endormies, barque dorée, fragile et découverte;
dans cette barque était assise Juanita, le front
paré de fleurs éclatantes, revêtue d'une robe de
gaze et encore dans tout l'appareil d'une fête;
seulement une mantille noire couvrait à demi

ses épaules ; — elle était ainsi d'une merveilleuse beauté. Mais son guide, celui qui, d'une main vigoureuse, tenait les rames qui coupaient les eaux du Duero, son guide baissait ses yeux sombres et farouches, et il était facile de deviner que ce n'était pas l'amour qui l'occupait. Quatre heures sonnèrent, la barque aborda au pied d'un roc escarpé.

— Où sommes-nous ? s'écria Juanita d'une voix inquiète ; où sommes-nous, don Luiz ? pourquoi nous arrêter ici ? Ces lieux sauvages et solitaires....

Il ne lui répondit qu'en montrant un chemin tortueux qui serpentait dans le flanc de la montagne.

— Je n'en puis plus ! s'écria-t-elle ; je meurs de fatigue ! Jamais je ne pourrai gravir ce chemin.

Don Luiz jeta ses regards sur la chaussure fragile de Juanita, puis il la saisit dans ses bras et gravit rapidement la montagne. Ils découvrirent au sommet une grande porte de fer, qu'une croix surmontait.

— Où me conduisez-vous? s'écria-t-elle encore avec une croissante terreur.

—Dans votre dernière demeure, Juanita, répondit don Luiz en la retenant fortement par le bras.

Ce couvent, au milieu de ces rochers solitaires, et ne renfermant aucune richesse, a échappé jusqu'à ce jour à nos ennemis; vous allez y entrer, Juanita; c'est là que désormais vous allez vivre!

— Vivre! répéta-t-elle; vivre! Ah! plutôt tuez-moi, tuez-moi à l'instant même!

— J'ai réfléchi si je ne le devais pas, répondit-il froidement, car le crime que vous m'avez fait commettre vous a rendue odieuse à mes yeux; mais vous forcer à vivre ici, mais courber votre âme passionnée sous le joug d'une réclu-

sion éternelle, c'est me venger cent fois plus, je
le sais.

—Vous venger ! prononça-t-elle avec fureur;
oseriez-vous disposer de mon sort ? Et...

— Ne vous ai-je pas avertie que j'aurais sur
vous droit de vie et de mort du moment que je
serais devenu assassin pour vous plaire, Juanita;
mais vous me faites horreur à présent, et
votre fatale beauté ne me séduit plus; le sang
d'un homme s'élève entre nous deux.

— Hé bien ! rendez-moi à ma mère, oubliez-
moi, ne nous revoyons jamais, et que le silence..

—Le silence ! Juanita; quand vous imiteriez
celui de la tombe, quand jamais on ne décou-
vrirait la vérité, ma conscience ne me crierait
pas moins que, pour vous, j'ai lâchement as-
sassiné un homme. Cependant, si je vous méprise trop pour que vous deveniez ma femme,
pour que je pense même à faire de vous ma
maîtresse, je n'oublie point que votre père était

le frère de ma mère et que votre honte retom-
berait sur mon nom. Aussi, je ne permettrai jamais que vous rentriez dans le monde.

Elle jeta un cri et embrassa les genoux de
don Luiz, mais il la releva froidement, et lui
montrant le soleil qui se levait radieux au-dessus des rochers qui les environnaient, il dit d'une
voix encore plus dure :

— Je n'ai pas de temps à perdre, senora, ne
vous humiliez pas en vain ; votre destinée est
fixée, vous êtes morte pour un monde que vous
ne reverrez jamais ; moi seul saurai désormais
que vous existez.

— Et ma mère, ma mère !!!

—Elle suit les Français et se fixera en France,
où vous savez qu'elle doit marier votre sœur.
Je lui écrirai que vous avez cessé de vivre ; et,
croyez-moi, elle a déjà plus pleuré votre naissance qu'elle ne pleurera votre mort.

Juanita se roula aux pieds de don Luiz et s'attacha à son bras pour l'empêcher de tirer la cloche du monastère.

— Qu'est devenue votre fierté ? lui dit-il avec ironie; vous ne savez pas vous soumettre à votre sort, et vous avez bien su vous déshonorer !

A ces paroles Juanita releva la tête, ses larmes s'arrêtèrent :

— Je vous ai demandé de me tuer, répéta-t-elle avec fermeté.

— C'est assez de sang, répondit don Luiz; et il tira la cloche du couvent.

Un tintement lugubre se répéta comme un glas funèbre dans les rochers; et, après un effrayant bruit de verroux la porte de fer roula sur ses gonds. Une religieuse parut :

— Dona Juanita de Valeria vient vous demander un asile, ma sœur, dit don Luiz; elle ne doit sortir d'ici que quand je viendrai la chercher. Jurez donc sur ce Christ qui brille sur votre poitrine, jurez que jamais cette porte ne s'ouvrira pour elle sans mon ordre...

— Je le jure, dit la religieuse d'une voix dure en essayant d'attirer à elle la jeune Espagnole; mais Juanita recula avec dignité, arracha les fleurs qui ornaient sa tête, et abaissant son voile sur son front sans jeter un regard sur don Luiz, elle franchit le seuil qui la séparait à jamais du monde, et disparut.

— Maintenant, allons chercher la mort, murmura don Luiz en descendant rapidement la montagne.

FIN DE LA PREMIÈRE PARTIE.

DEUXIÈME PARTIE.

XI.

———

Dans un magnifique et antique hôtel du faubourg Saint-Germain, dont un luxe moderne venait égayer les lambris sombres et dorés, une jeune femme, assise près d'un berceau d'un bois précieux, entremêlé de dorures, qu'ombrageaient la soie brillante et la mousseline transparente, une jeune femme, les yeux presque humides de larmes, les fixait sur un bel enfant reposant d'un calme et bienfaisant sommeil. Le silence le plus complet régnait autour de lui,

mais sans doute sa mère ne le trouvait pas encore
assez profond, car elle écoutait avec inquiétude
si on n'approchait pas, si le vol d'une mouche
ne risquait pas de troubler le repos de son fils.
Cependant les couleurs de la santé brillaient
sur les joues de l'enfant, et rien ne paraissait
justifier la sollicitude de la jeune mère.

On ouvrit doucement la porte; une femme,
d'une tournure noble et sérieuse, d'un âge déjà
avancé, entra, suivie d'une berceuse.

—Lisbeth, asseyez-vous près de ce berceau,
travaillez-y sans bruit, prononça la comtesse de
Velly d'une voix basse et grave; et vous, ma
chère Josepha, veuillez me suivre dans votre
petit salon où je désire vous parler.

Josepha jeta un regard de regret sur son fils;
abaissa le rideau qui ne le cachait qu'à demi,
étouffa un léger soupir et suivit sa belle-mère.

—Ma chère enfant, dit madame de Velly en
l'invitant à s'asseoir près d'elle, pardonnez-
moi la légère contrariété que je viens de vous

causer; songez que je me regarde comme deux fois votre mère, et que le soin de votre bonheur est non seulement un plaisir, mais un devoir pour moi, puisqu'à son lit de mort, ma meilleure amie me remit tous ses droits sur vous, puisque vous êtes la femme de mon fils, la mère de l'héritier de son nom.

Deux larmes coulèrent sur les joues rosées de Josepha au souvenir de sa mère, puis elle serra doucement la main de la comtesse, qui lui rendit cette pression, et reprit :

—Tout ce qui devient excès est blamable, Josepha; mariée depuis près de trois ans, mère depuis deux, vous avez rempli, et au-delà, la charge que vous imposait la nature; vous êtes soumise et attentive avec moi, vous allez au-devant des volontés de mon fils, votre douceur pour lui se montre jusque dans l'abnégation de vous-même, et vous croyez, j'en suis certaine, remplir ainsi tous vos devoirs. Vous le croyez n'est-ce pas?—Josepha leva les yeux avec inquié-

12

tude. — Hé bien! continua la comtesse, vous vous trompez; les hommes, Josepha, sont de grands enfans qui s'ennuient d'un bonheur sans nuage, d'une obéissance sans raisonnement, d'une douceur passive. S'ils ont une grande responsabilité dans la vie, celle de veiller à la fortune, à la considération de leur famille, les devoirs des femmes, pour être moins importans, n'en sont pas moins difficiles, car il faut non seulement qu'elles soient vertueuses, mais qu'elles soient aimables; il faut qu'elles joignent la soumission et la bonté à la grâce, enfin qu'elles répandent la gaieté et l'attrait autour d'elles; Edmond s'ennuie. — Josepha laissa échapper une exclamation. — Edmond s'ennuie, répéta la comtesse; vous le savez, Josepha, aussitôt que la paix nous eut rendu nos légitimes souverains, je songeai à réaliser le vœu le plus cher de votre mère et le mien; mon fils reprit le titre de son père, et déjà riche par la fortune dont il avait hérité de son oncle, il le devint autant que vous par les indemnités que le roi accorda au fils d'un de ses plus anciens serviteurs ; enfin, je voulus qu'il fût votre époux, il le devint. Edmond vous estime, Josepha, il aime passionnément son fils ; officier supérieur dans la garde royale, il est parfaitement en cour, toutes les prospérités l'accablent, et pourtant Edmond n'est point heureux, il s'ennuie, ou il a du chagrin.

— Edmond est toujours parfait pour moi, madame, prononça Josepha avec timidité ; il reste avec le même plaisir que moi près du berceau de notre enfant.

— Il est vrai, mais il tombe souvent dans de longues et tristes rêveries, et souvent aussi ses yeux se remplissent de larmes. Votre jeunesse vous abuse, Josepha, vous voyez le bonheur où est le calme et la résignation ; on ne trompe point le cœur d'une mère, et je suis sûre que quelque chagrin, quelque souvenir peut-être...

Josepha pâlit.

—Sans doute, prononça-t-elle avec effort, il songe à ma pauvre sœur, à Juanita, si charmante ! et qu'il a tant aimée !

— Heureusement Juanita est morte.

— Heureusement ! ô madame, ma sœur n'avait que vingt-deux ans, elle était belle comme jamais femme ne le fut peut-être, et si aimable, si remplie de grâces ! c'était elle qu'Edmond aimait passionnément; c'était elle qui eût embelli sa vie, et non moi, simple jeune fille, sans éclat, sans moyens de plaire. Oh! oui, c'était moi que la mort eût dû frapper.

— Jamais je n'aurais consenti au mariage de mon fils avec Juanita, s'écria la comtesse avec hauteur; une fille déshonorée! perdue !

— Vous parlez de ma sœur, prononça Josepha d'une voix suppliante, de ma sœur qui tant de fois m'a endormie dans ses bras, et que j'aimais tendrement; madame, je vous en conjure, respectez sa mémoire.

— Laissons ce sujet, dit la comtesse avec impatience, n'y revenons jamais. — Ecoutez-moi avec attention, Josepha; aujourd'hui même il faut quitter votre parure trop simple et surtout cet air de timidité qui nuit à vos avantages; il faut vous éloigner plus souvent d'un enfant en très bon état et qui n'a aucun besoin de cette surveillance continuelle; il faut voir du monde, y chercher des succès, cultiver vos talens; nous donnerons des concerts, des bals; je vais m'occuper de votre présentation à la cour, qui aura lieu ce mois-ci; je veux que la maison de mon fils soit une des plus agréables de Paris; je veux qu'il entende dire que vous êtes la plus charmante des femmes, qu'il s'amuse, qu'il soit heureux enfin. Car vous ne savez pas, Josepha, toute la sollicitude, toute la tendresse qui remplissent le cœur d'une mère!

— Pardonnez-moi, madame; c'est pourquoi il m'en coûtera tant de vous obéir, et de m'éloigner de mon fils.

— Quelle comparaison! s'écria la comtesse

avec ironie; croyez-vous que votre enfant soit
déjà sensible à votre présence? D'ailleurs, il faut
que vous soyez aveugle pour ne pas vous être
aperçue que mon fils était souvent fatigué de
rester dans une chambre de nourrice et des cris
d'un marmot.

— Ils m'affligeaient toujours, moi, mais ils
ne me fatiguaient jamais.

— Ah! vous c'est bien différent, mais mon
fils, mon Edmond, rempli d'imagination, fait
pour briller, pour réussir dans le monde!......
Avant cette désastreuse campagne d'Espagne,
je ne recevais que des complimens sur lui; on
vantait, tout jeune qu'il était encore, la finesse
de son esprit, la grâce de ses réparties; il n'est
plus reconnaissable aujourd'hui...

Cependant la comtesse s'arrêta, en remarquant
l'air abattu de sa belle-fille, et elle recommença
à parler de plaisirs, de fêtes à la pauvre jeune
femme à qui elle venait d'enlever le bonheur; à
qui elle venait d'apprendre ce qui lui manquait

pour plaire et pour être aimée; car jusqu'à ce
moment Josepha ne s'était point effrayée de l'air
rêveur de son mari; d'un caractère mélancolique, elle ne demandait elle-même pour être
heureuse, ni une joie bien expansive, ni des
plaisirs bien vifs. Elle avait aimé Edmond du
premier jour où elle l'avait vu; elle avait pu
croire un instant que lui aussi l'aimerait; mais
Edmond avait ressenti pour une autre une passion indomptable, et cette autre, Josepha n'a-
vait pu ni la haïr, ni la maudire, car c'était sa
sœur, sa sœur qu'elle avait toujours aimée.
D'ailleurs, l'âme de Josepha n'était pas faite
pour ressentir la haine ou la colère; Dieu l'a-
vait douée d'une figure angélique et d'un caractère plus angélique encore; mais ces anges
qui semblent jetés au milieu des hommes pour
les rendre meilleurs ou pour servir à leur bonheur, ces anges-là sont toujours leurs victimes;
et, plus qu'une autre, Josepha semblait destinée à remplir cette vocation.

A son arrivée en France, madame de Velly
avait accueilli Josepha avec une tendresse et un
empressement qui ne cachait qu'à demi, cependant, la violence de son caractère et l'impérieux
de ses manières. Idole d'une mère qui n'avait
jamais eu un reproche à lui adresser, Josepha
s'effraya facilement de la sévérité hautaine qui
dominait même la bonté que lui témoignait madame de Velly ; elle eût voulu se sentir entraînée vers elle, car c'était la mère d'Edmond,
d'Edmond qu'elle avait aimé, même ingrat.
Mais une crainte involontaire arrêtait toute ex-
pansion sur ses lèvres, et elle devait paraître à
madame de Velly plus timide, moins spirituelle
qu'elle ne l'était réellement. Tant que sa mère
avait vécu, Josepha avait peu redouté le caractère de celle d'Edmond ; mais quand elle sut que
madame de Valeria était attaquée d'une maladie
mortelle, quand elle entendit la voix grave et
solennelle d'un prêtre engager la pauvre mère
à faire un dernier adieu à celle qu'elle croyait

son unique enfant, la main de Josepha trembla de crainte dans la main de madame de Velly qui lui jurait de remplacer cette mère qu'elle allait perdre. Josepha sentait près d'elle surtout que jamais une mère ne se remplace, que jamais on n'aime une autre femme comme sa mère.

Puis, il y avait eu un moment où madame de Velly lui avait semblé presque odieuse; c'était celui où elle avait appris la mort de Juanita. Si la comtesse n'avait point laissé percer sa joie de cette nouvelle, c'est qu'avant d'être femme haineuse et passionnée, elle savait ne jamais s'éloigner des convenances; mais il y avait eu si peu d'harmonie entre ses paroles et ses regards, mais elle paraissait si facilement lasse des regrets qu'on donnait à Juanita, que la répugnance de Josepha pour elle s'augmenta visiblement, et qu'une timidité invincible, une terreur puissante remplaça même le peu de plaisir qu'elle avait trouvé jusque-là près de madame de Velly. Cependant, elle était la mère d'un mari que Josepha aimait de toutes les puissances de son âme, et dont, jusqu'à ce moment elle s'était crue aimée ; mais la comtesse venait de la réveiller de ce doux rêve ; elle venait de lui apprendre qu'Edmond était malheureux ; elle venait de la faire bien à plaindre.

Sans doute Josepha n'avait point ignoré les regrets qu'Edmond avait donnés à la mémoire de sa sœur, mais elle avait ignoré le profond désespoir qu'il avait ressenti ; elle avait ignoré qu'à cette nouvelle la vie d'Edmond avait été en danger et qu'il avait passé plusieurs mois, seul , dans une terre, ne voulant accueillir ni consolations, ni distractions.

Quand la nouvelle de la mort de Juanita était arrivée, madame de Velly avait espéré que son souvenir perdrait sa puissance sur son fils ; elle ne savait pas que les torts de l'être qui n'est plus, la jalousie même qui rend si injuste, se taisent devant une tombe ; elle ne savait pas combien la mort efface de fautes , même de crimes.

Ainsi Edmond avait oublié les torts de Juanita; et même, pour supporter sa perte avec moins de désespoir, il lui fallait son souvenir pur et sans tache; il lui fallait croire qu'elle avait été calomniée, que tous l'avaient trompé excepté elle. Cependant il avait cédé, il n'avait pu résister aux prières, aux larmes de sa mère, qui, voyant que sa violence, sa colère, ses ordre simpérieux, n'avaient pu le soumettre, avait pleuré, alors Edmond s'était laissé vaincre, et c'était ainsi qu'il était devenu l'époux de Josepha, de Josepha qui ne savait pas tout ce qui s'était passé. Hélas! elle avait ignoré par combien de raisonnemens et de subterfuges madame de Velly était parvenue à marier son fils.

Depuis ce moment, Edmond n'avait jamais manqué aux soins, aux égards qu'inspirent l'amitié et l'estime; Josepha, naïve, innocente, s'y était long-temps méprise; mais celle-là même qui avait employé tant d'art pour la tromper, venait de flétrir sans pitié toutes les fleurs de

sa vie, d'arracher avec violence le voile épais
que la confiance et le besoin d'être heureuse
avaient étendu sur ses yeux.

Pauvre Josepha ! pauvre jeune femme ! que
ce moment fut terrible ! combien de fois ne pres-
sa-t-elle pas son fils sur son cœur pour y ramener le courage et la résignation ! Combien n'eut-
elle pas besoin de se répéter, avec cette sainte
tendresse que Dieu donne aux femmes, que
tant qu'elle conserverait son fils elle pourrait
tout souffrir, tout supporter, et qu'aucune douleur ne pourrait jamais égaler le bonheur qu'elle
devait à son titre de mère.

XII.

——

Depuis plusieurs jours l'hôtel de Velly présentait le spectacle tumultueux de quelque événement important; les domestiques montaient,
descendaient, s'appelaient, s'aidaient, se gê-
naient; les tapissiers, les ouvriers de tous
genres, bouleversaient cet antique berceau de
la noble famille de Velly. Car cette famille re-
montait aux croisades; Marmaduc Gauthier de
Velly ayant été tué au siége d'Acre; aussi la
croix sacrée brillait au milieu de l'écusson de

cette maison ; cet écusson, sculpté au-dessus de
la grille des châteaux, peint sur toutes les voitures, avait été effacé quand la révolution avait
tout détruit en ce genre. Edmond ne se souvenait guère de tout cela, lui, venu au monde la
dernière année de la vie de son père. Mais depuis sa toute petite enfance, sa mère lui avait
tant de fois répété qu'il était de la noblesse la
plus pure et la plus ancienne, qu'il eût pu attacher quelque prix à cette bienveillance du hasard, s'il n'eût pas reconnu, soit au lycée où sa
mère le plaça, soit à l'école de cavalerie de
Saint-Germain, où il avait bien fallu que madame de Velly consentît qu'il entrât, que tous
les hommes se valent et que le plus noble était
le plus brave, le plus franc, le plus instruit.
Aussi ne partageait-il en aucune manière les
préjugés exagérés de sa mère, préjugés qui
prirent un nouveau développement chez la comtesse de Velly alors qu'elle vit revenir ceux
qu'elle appelait ses souverains légitimes.

A l'entendre à cette époque, jamais elle n'avait considéré Napoléon que comme un usurpateur; et, cependant, elle avait accepté de ce *Cromwell à cheval* un brevet de sous-lieutenant pour Edmond quand il était sorti de Saint-Germain. C'était une carrière, et une belle carrière alors pour lui; car dans ce temps de gloire on allait à tout avec une épée au côté; surtout, et ce fut là le malheur, si on y joignait un beau nom. Pourtant madame de Velly assurait que jamais elle ne consentirait à ce que son fils approchât de la cour de l'empereur ou de sa personne; et, elle répétait avec beaucoup d'affectation, que c'était son pays seul qu'il allait servir, et non Buonaparte. Il est à croire, cependant, que si les Bourbons ne fussent pas revenus, l'ambition eût fait oublier à madame de Velly ses résolutions tant de fois répétées; d'autant qu'elle n'avait plus alors rien à demander pour son fils que des honneurs et des titres, puisqu'au moment où il était prêt à partir pour l'Espagne, Edmond de Velly avait

hérité de toute la fortune d'un oncle mort aux
colonies.

Les amis de madame de Velly, qui parta-
geaient ses opinions politiques, crurent à cette
époque qu'elle ferait quitter à son fils l'état
militaire, qu'elle ne lui avait fait embrasser,
avait-elle tant répété, que par nécessité; elle
assura bien, en effet, qu'elle avait tout fait pour
reconquérir la liberté d'Edmond; mais la vérité est que, plus ambitieuse que tendre, elle
le laissa volontairement partir pour l'Espagne.
Depuis, madame de Velly prétendit qu'elle était
même à cette époque très certaine du retour des
Bourbons; si cela était vrai, elle était peu con-
séquente avec elle-même.

Il fut heureux, du reste, que la comtesse
n'eût point essayé de faire abandonner à son fils
une carrière qu'il aimait, car si l'empire qu'elle
exerçait sur lui à l'aide d'une violence souvent
effrayante et d'une sévérité extrême l'eût emporté, Edmond eût été réellement malheureux,

car l'objet de son admiration était toujours celui qu'il était condamné à entendre maudire depuis qu'il était tombé. Puis il aimait l'état militaire : une épaulette sied si bien à vingt ans! alors la gloire est si belle, si poétique! Plus tard, on s'est trouvé sur des champs de bataille; on a vu les larmes des veuves, des orphelins; on a reconnu une ambition insatiable sous toutes ces belles phrases qu'on jette aux peuples et aux soldats; on a pesé les prétextes et les résultats de cette destruction ; on a vu le sang de gens braves et obscurs payer les rubans et les titres des grands seigneurs ; on a raisonné enfin, et le bâton même de maréchal ne cause plus un plaisir aussi vrai que celui qu'on éprouva en recevant l'épaulette de lieutenant.

Edmond était donc parti pour l'Espagne, pour l'Espagne où l'attendaient un premier amour et une première perfidie. Il en était revenu désenchanté, malheureux, et déjà désillusionné de bien des choses. Cette guerre de la Péninsule,

13

injuste, oppressive, fut une grande faute de
Napoléon, elle lui ferma plus d'un cœur, et il
paya cher sa mauvaise foi. Cependant Edmond
fut un de ceux qui le plaignit le plus sincèrement
lors de ses malheurs; même il aurait voulu ne
pas le quitter; mais quel titre avait-il pour aller
s'offrir à ce grand homme? Ah! si tous ceux
qui le regrettaient l'eussent suivi, la moitié de
la France fût partie. Plus tard, ce fut différent,
les Cent-Jours lui enlevèrent presque son dernier prestige; on trouva encore du sang à ver-
ser pour la patrie, on cria encore *vive l'empereur!* on le suivit encore sur le champ de ba-
bataille; mais, après ce dernier et vain effort,
beaucoup de ceux qui l'aimaient demandèrent
pourquoi la mort l'épargnait.

Le retour des Bourbons, le court séjour de
l'empereur en France, avaient été cause de
beaucoup de dissensions dans les familles; la
mère d'Edmond lui faisant un crime de sa
tristesse, le forçait à fuir son salon, devenu

une arène où les femmes s'enlaidissaient dans des disputes nées d'opinions violentes. Alors Edmond aimait à se réfugier près de sa femme et de son fils; la douceur de Josepha, l'intérêt qu'inspire un enfant au berceau, plaisaient à sa profonde mélancolie qu'il attribuait tout entière au souvenir des malheurs de l'homme qu'il avait admiré. Josepha avait fini par se le persuader; mais, comme elle n'avait pu vaincre encore la timidité qu'elle éprouvait auprès de lui, elle ne hasardait qu'en tremblant quelques consolations qu'Edmond n'écoutait pas toujours : et ils gardaient souvent le silence.

Aussi M. de Velly ne connaissait pas le caractère de sa femme plus que son esprit, et ne faisait-il rien pour l'encourager; car pour elle n'étaient pas les transports qui ouvrent l'âme et la rendent expansive; pour elle n'était pas cet enthousiasme que l'amour fait seul naître; pour elle, enfin, il n'y avait qu'une froide amitié, qu'une estime profonde; pour l'ombre d'une

autre étaient ces élans passionnés qui boulever-
sent l'âme et la brisent. Car les souvenirs d'Edmond, loin de perdre de leur violence, semblaient revivre de ce qui devait les éteindre;
enfin, au milieu d'une fête, s'il se prenait à
admirer une belle femme, s'il se laissait aller au
charme d'une ravissante harmonie, à jouir de la
vie et de tous les plaisirs que peuvent donner le
rang et la fortune, tout à coup Edmond pâlissait,
son sourire s'attristait, sa figure reprenait sa mélancolie, son front s'imprégnait d'une expression souffrante et terrible : c'est qu'alors il croyait
voir passer devant lui l'ombre de Juanita, de
Juanita qu'il avait vue si belle, si ardente, si
vivante, et qui n'était plus qu'un froid cadavre.
Oh! non, non, il était impossible qu'un cœur
si passionné eût cessé de battre, que ces yeux
si puissans fussent fermés pour jamais.

Mais ce malheur n'était que trop vrai.

Alors il se remettait à haïr ce monde où elle
n'était plus, où jamais il ne devait la revoir;

et, comme l'avait remarqué sa mère, Edmond était depuis quelque temps plus rêveur, plus préoccupé encore; et peut-être celle qui voulait le distraire et tant faire pour son bonheur, était-elle précisément la cause de ce redoublement de tristesse. C'est qu'il est des gens qui, avec les meilleures intentions du monde, offensent quand ils veulent consoler, blessent quand ils veulent guérir : madame de Velly était de ce nombre. Habituée à tout voir céder devant sa volonté, elle commençait à s'offenser de la persistance de la tristesse de son fils; et, après avoir employé de tendres représentations, elle en était venue à l'aigreur, à l'ironie.

Elle se répandait en thèses générales sur les femmes légères et sur les passions qu'elles inspirent; elle jetait le ridicule sur un sentiment constant gardé à un être méprisable; elle croyait guérir Edmond, elle ne faisait que l'irriter et lui faire chérir davantage le souvenir qu'on voulait flétrir; et puis, à toute cette tracasserie qu'elle

croyait permise à son titre de mère, madame
de Velly joignit bientôt celles qui naissent d'affaires d'intérêt.

Le jour de la majorité de Josepha allait arriver; elle voulait qu'Edmond s'occupât de la
fortune de sa femme, et la présentât comme seule
héritière de sa mère; elle avait écrit en Espagne pour savoir ce qu'était devenu don Luiz
d'Alvaro, mais l'obscurité la plus profonde régnait sur son sort. On croyait seulement qu'il avait
succombé dans la lutte qu'il avait soutenue contre les Français; cependant il était important d'en
avoir la preuve, car il avait un legs considérable
dans la succession de la marquise. Ces intérêts
de famille, d'une si haute importance pour l'âge
mûr, n'occupaient que d'une manière pénible
Josepha et surtout Edmond, qui, lorsqu'il entendait prononcer le nom de don Luiz sentait toutes
les cordes de son âme vibrer avec douleur.

N'était-ce pas don Luiz qui avait enlevé Juanita et qui avait ensuite écrit à madame de Va-

leria ces mots terribles : « Au milieu de la nuit,
« nous avons donné dans un parti de Français,
« j'ai voulu me défendre, sauver Juanita; mais
« bientôt je suis tombé criblé de blessures et on
« m'a abandonné, sans doute me croyant mort.
« Au point du jour, je suis sorti d'un profond
« évanouissement, je me suis péniblement placé
« sur mon séant, à quelques pas j'ai reconnu
« le corps de Juanita; je me suis traîné jusqu'à
« elle, j'ai interrogé avec anxiété, avec désespoir
« le cœur de votre fille, il avait cessé de battre... »

Il avait donc cessé de battre ce cœur si passionné, si ardent ! Voilà quelle était la pensée presque
habituelle d'Edmond. Dans les commencemens,
il avait failli en mourir; il avait fait une longue
et douloureuse maladie, puis il était revenu lentement à la vie, à ses habitudes; il avait ressaisi
par momens quelques goûts à l'existence ; mais
ces instans étaient courts et rares, son état ha-
bituel était l'atonie, l'ennui, et un dégoût pour
les plaisirs dont sa mère voulait l'accabler.

Aussi, le jour où régnait tant d'agitations dans l'hôtel, Edmond avait essayé de s'échapper, mais il avait fallu qu'il suivît sa mère dans chacune des nombreuses pièces disposées pour la fête.

Le but de cette fête était de célébrer la majorité de la jeune comtesse, et surtout sa présentation à la cour. Un des princes français devait honorer cette fête de sa présence.

— Voyez, mon fils, disait madame de Velly en faisant placer un lustre de plus, et regardant avec orgueil et contentement le luxe et la splendeur qui l'environnaient, voyez toutes les jouissances que donnent la naissance et la fortune; ce soir je présente votre femme à la cour, et, après nos princesses, certainement ce sera elle qui aura les plus beaux diamans de France, car elle portera tous ceux de sa mère et même ceux qui appartenaient à sa sœur, et que celle-ci tenait de la tante chez laquelle elle avait été élevée. Vous savez, cette tante qui lui avait donné de si mauvais principes. — Edmond fit quelques pas avec impatience pour s'éloigner. — Restez, mon fils, dit la comtesse en s'asseyant sur un divan, il est si rare maintenant que je puisse vous parler, vous me fuyez avec tant de soin, que je ne veux pas laisser échapper cette occasion. — Edmond s'assit en soupirant. — Mon fils, reprit madame de Velly, je veux vous parler d'affaires importantes.

Depuis que vous avez hérité de votre oncle, je suis restée chargée de vos intérêts, et je crois que vous ne vous trouvez pas mal de ma surveillance. A la mort de madame de Valeria, je devins la tutrice de sa fille; enfin, c'est moi qui ordonne, qui dispose de tout chez vous. Aujourd'hui il est possible que vous, que votre femme, désiriez devenir vos maîtres; mon fils, je suis prête à vous rendre des comptes, et même je suis prête à me séparer de vous, si ma présence vous importune.

— Vous ne pouvez le penser, madame, ré-

pondit Edmond avec tendresse ; je sais tout ce que
je vous dois, et ni Josepha, j'en suis sûr, ni moi,
bien certainement, ne pensons à vous débarrasser
du soin de notre fortune, tant qu'il ne vous
importunera pas.

— Mais, mon fils, si rien ne vous contrarie,
si vous appréciez, comme vous le devez, les
avantages, le bonheur de votre situation, à quoi
donc faut-il attribuer la tristesse continuelle et
profonde qui vous domine ? Serait-il possible
qu'un souvenir qui devrait vous être odieux, fût
cause...

— Madame, interrompit Edmond avec fatigue, veuillez être assez bonne pour ne pas scru-
ter ainsi le fond de mon âme ; je suis reconnaissant envers vous, envers le sort, de tous les
biens dont je suis comblé ; daignez, je vous en
conjure, y joindre la liberté de ma pensée ; à
quoi bon revenir toujours sur le passé ? à quoi
bon ces conjectures ? Tout a tourné comme vous
le désiriez, vous êtes heureuse, et...

— Non, mon fils, je ne le suis pas, s'écria la comtesse avec emportement ; et quelle que soit la soumission avec laquelle vous voulez m'imposer silence, je vous dirai...

— Madame, la comtesse Josepha a presque terminé sa toilette, dit un domestique en ouvrant la porte ; elle fait annoncer à madame que madame la marquise de Valdeuil est auprès d'elle.

— Venez, Edmond, dit madame de Velly en se levant pour passer chez sa belle-fille, demain nous reprendrons cette conversation ; il le faut.

XIII.

———

Les sompeueux salons de l'hôtel de Velly
étaient déjà brillamment éclairés, les lustres,
chargés de bougies, se répétaient à l'infini dans
d'immenses glaces, les draperies chatoyantes
d'or et de soie, les fleurs naturelles se mariant
aux fleurs artificielles, se confondaient, se mêlaient avec tant d'art, qu'il fallait les toucher, pour
en reconnaître la différence : tout était magnifique, éblouissant de fraîcheur et d'éclat. Mais,
comme il était de bonne heure, les salons étaient

encore solitaires ; un seul, le plus petit, celui
qui précédait l'appartement de la jeune comtesse, se trouvait occupé par deux personnes
assises en face l'une de l'autre, les cartes à la
main.

— Je crois, dit le chef d'escadron Delon en
les jetant avec un peu d'humeur, je crois que
nous pouvons cesser ; je perds dix napoléons, et
nous n'avons personne pour changer la fortune;
attendons.

— Attendons, reprit son adversaire, le baron
de Méré ; ce soir, mon cher, vous prendrez
votre revanche. Mais si, pour nous occuper,
nous visitions ces salons ; ils sont réellement
magnifiques, et je ne crois pas qu'un particulier
ait depuis long-temps déployé tant de luxe et
de splendeur. C'est un heureux mortel que le
comte de Velly, il possède une belle fortune,
un beau nom, une femme jeune et jolie, et qui
paraît si douce, si soumise...

— Heureux ? répéta M. Delon en se laissant

tomber sur un divan; si vous voulez le mettre
en colère, dites-lui cela, car il se croit le plus
infortuné des hommes.

— Impossible !

— C'est pourtant ainsi; le comte est affligé
de deux tristes maladies qu'il traîne avec lui
dans le monde : une tête romanesque et un
cœur sensible; ce luxe, cette fortune dont vous
êtes émerveillé, cette femme jeune, jolie,
aimante, qui ferait le bonheur d'un autre, eh
bien! tout cela le lasse, le fatigue; il passe sa
vie à pleurer une ombre.

— Ah çà! monsieur Delon, vous êtes géné-
ralement assez fantastique dans vos récits, et...

— Aussi ne vous ferai-je pas celui-ci très
long, et pour cause. Je vous dirai seulement
qu'il a été amoureux fou de la sœur de sa
femme, et que cette belle Espagnole est morte,
assassinée, je crois.

— Quelle horreur!

— C'était une beauté fière, orgueilleuse, ai-

mant avec fureur et se vengeant avec ivresse.
J'ai même le soupçon qu'elle a été bien cruelle
envers.... mais ceci est trop important pour en
parler. Le positif est qu'Edmond passe sa vie à
regretter celle qu'il a tant aimée : cependant, on
l'assomme de bals, de fêtes; sa mère, dont le caractère est impérieux et violent, l'a dominé jusqu'à ce moment et dispose de sa fortune sans lui
en rendre compte. Aussi, quand il a été question
du retour des Bourbons, elle a répandu de l'or
avec profusion; enfin, elle a recueilli le fruit de
ses soins, son fils est officier supérieur dans la
garde royale, et...

— Et vous aussi, je crois?

— Ma foi, je n'ai pas trop perdu de vue le
jeune de Velly; il m'a été utile, et je suis ce qui
s'appelle l'ami de la maison. La jeune femme
me traite avec bienveillance, la douairière
— car nous avons repris tout l'ancien cérémo-
nial — m'honore de sa confiance, et j'avoue
que, dans un élan de reconnaissance, c'est moi

qui lui ai raconté beaucoup de détails qu'elle
ignorait sur l'amour de son fils pour la belle
Juanita, ce qui fait qu'elle tourmente ce pauvre Edmond, bien inutilement, puisque cette
femme n'est plus.

— Elle était donc très belle?

— Admirable, mon cher! admirable! Mais
voici la jeune comtesse; elle est ma foi charmante
aussi dans ce costume de cour, et les lys dont
la vieille comtesse a surchargé sa tête n'égalent
pas en blancheur les épaules de sa belle-fille.

Josepha s'avançait, traînant après elle un
long manteau de velours bleu, brodé d'argent;
la pauvre petite succombait sous les diamans qui
chargeaient sa tête; cette tête, accoutumée jusqu'à ce moment à ne porter que des fleurs, semblait plus abattue que fière de tant de magnificence. Aussi, contre l'étiquette qui veut que les
barbes de la coiffure tombent perpendiculaire-
ment sur les épaules, elle les ramenait sur son

14

sein pour en cacher la nudité que ne voilait pas
assez à son gré la rivière de diamans qui retom-
bait après avoir embrassé deux fois son cou de
deux tours brillans et sinueux; la mère d'Edmond marcha un moment derrière sa belle-
fille; mais, comme étonnée d'avoir un instant
cédé le pas à quelqu'un, elle passa devant
elle, la tête haute, le regard majestueux; et
s'avançant près d'Edmond qui tenait son fils
dans ses bras, elle lui demanda s'il ne se dispo-
sait pas à les suivre?

— Comme il vous plaira, madame, répondit-il, je n'ai que mon uniforme à passer, et je
vais...

— Josepha s'approcha alors pour reprendre
des mains de son fils un bracelet avec lequel il
jouait. L'enfant se pencha vers son père et lui
donna à cacher le bijou qui l'amusait, pour
empêcher qu'on ne le lui ravît.

— Allons donc! Edmond, s'écria la comtesse

avec humeur ; la marquise de Valdeuil nous a
précédés, et il serait inconvenant de la faire attendre.

Edmond voulut obéir, il tendit à Josepha le
bracelet qu'elle demandait ; mais son front
pâlit, ses yeux se remplirent de larmes, il venait, au milieu d'un brillant entourage de diamans, de reconnaître les traits de Juanita, il venait de revoir ses yeux qui lui avaient exprimé
tant d'amour, ses yeux dont l'expression lui
semblait ineffaçable. Le malheureux fut forcé
de s'appuyer sur le coin de la cheminée et de
remettre son fils dans les bras de sa mère; Josepha le reçut en baissant les yeux : elle avait
besoin de cacher l'impression douloureuse
qu'elle venait de ressentir, car elle avait tout
compris, tout deviné; elle n'avait plus de doutes
sur la cause de la mélancolie d'Edmond.

Madame de Velly, dont le regard inquisiteur
quittait rarement son fils, comprit aussi tout ce
qui venait de se passer et s'approcha pour saisir

le bracelet; Josepha le retint doucement et le cacha dans son sein.

— Allons, partons, prononça la comtesse avec un redoublement d'humeur. — Edmond, un peu remis, allait sortir pour achever sa toilette, quand un domestique s'avança une lettre à la main.

— Pour M. le comte, dit-il s'inclinant respectueusement devant la comtesse qui allait saisir le papier.

— Cette lettre paraît vous occuper beaucoup, mon fils, prononça madame de Velly au bout d'un instant, tellement même que vous oubliez que nous vous attendons. Ne pourrait-on savoir?... ajouta-t-elle en s'approchant.

— Ce n'est rien qui vous intéresse, madame, dit Edmond en serrant soigneusement la lettre; mais je vous ai assez fait attendre, veuillez partir sans moi; M. Delon vous donnera la main.

— Ne pas venir, Edmond? quand, tout à

l'heure encore, vous étiez disposé à nous suivre. Que signifie cette conduite ? A coup sûr cette lettre est plus importante que vous ne le dites, elle cache un mystère que je veux...

— Madame, interrompit Edmond avec un mouvement d'impatience, soyez assez bonne pour vous rappeler que je n'ai plus vingt ans, et que je puis avoir des affaires qui ne vous intéressent point assez pour que je vous en importune.

— Bien ! très bien, mon fils ! répondit sa mère à voix basse ; mais veuillez vous rappeler aussi qu'il me faut du temps pour m'accoutumer à l'indépendance que vous affichez ce soir. — J'accepte votre main, monsieur Delon, ajouta-t-elle en se tournant avec dignité vers celui-ci.

Josepha hésita un moment pour prendre celle de M. de Méré, et, se tournant vers Edmond, elle sembla vouloir le consoler, par un regard de la sévérité que lui montrait sa mère ;

mais sa bonne intention fut entièrement perdue :
Edmond, plongé dans une profonde rêverie,
semblait étranger à tout ce qui se passait autour de lui.

De qui peut être cette lettre? se répétait-il
pour la vingtième fois, en parcourant ces salons
si brillans, en s'arrêtant sous chaque lustre,
chargé de bougies, pour essayer si leur écla-
tante clarté ne lui ferait pas découvrir dans la
forme d'un mot, dans un trait échappé, quelque indice qui lui fît reconnaître une main
qui, quoique déguisée, ne lui semblait pas
étrangère.

— Oui, se répétait-il, j'ai vu cette écriture,
toute déguisée qu'elle soit ! oui, ces lettres qui
ont servi à tracer ces paroles qui semblent si
indifférentes : « On désire parler à M. Edmond
de Velly, pour affaires pressées, ce soir, à dix
heures. » Oui, les lettres qui ont tracé ces
mots me semblent avoir servi à en former d'autres qui ont jadis porté tant de bonheur dans

mon âme, un bonheur à jamais perdu. Insensé!
se dit-il alors en passant sa main sur son front
brûlant, faut-il donc que ce souvenir me pour-
suive partout et empoisonne ma vie? faut-il
que dans les événemens les plus indifférens, les
plus étrangers, je retrouve quelque chose de
cette infortunée? O ma mère! ma mère! vous
croyez me guérir en m'entourant de fêtes, de
plaisirs; eh bien! c'est au milieu du monde que
son image me poursuit davantage. Ces femmes
parées me rappellent combien elle était belle
au milieu d'une fête, comme...

— La voiture de madame la comtesse entre
dans la cour de l'hôtel, annonça le valet de
chambre d'Edmond, plusieurs autres la sui-
suivent, les salons seront bientôt remplis; monsieur désire-t-il achever sa toilette?

— Oui, répondit Edmond avec préoccupa-
tion.

Mais, quand il fut dans son appartement,
quand il fut entièrement prêt à paraître, il res-

saisit avec un nouvel empressement le billet
qu'il avait déjà lu plusieurs fois.

— Didier, dit-il enfin au bout d'un instant;
dans quel quartier est située la rue de la Cerisaie?

— Tout près de l'Arsenal, monsieur, à une
lieue d'ici. C'est un quartier perdu.

— Il faut que j'y aille, pourtant.

— Ce soir, monsieur?

— Ce soir.

— Je vous suivrai, monsieur le comte; vous
savez qu'on peut s'en rapporter à moi pour la
discrétion.

— Peut-être n'en aurai-je pas besoin, Didier; tu me seras beaucoup plus utile en res-
tant ici; tu diras à ma mère qu'un ami,... qu'un
de mes camarades,... n'importe enfin, est venu
me chercher, et que je vais revenir.

— Je cours faire atteler.

— Non, je prendrai une voiture de place,
on me demande le secret, on me dit que je

peux rendre un service important, il faut qu'on me parle ce soir méme; fais avancer un cabriolet à quelques pas de l'hôtel. Pendant ce temps je m'enveloppérai d'une redingote.

Didier sortit pour obéir; Edmond, demeuré seul, défit à la hâte une partie de sa toilette de bal, mit de l'or dans ses poches, et, plutôt par habitude que par crainte, se munit d'un pistolet. Dans ce moment, il entendit dans son antichambre le frôlement d'une robe de soie. C'est ma mère, pensa-t-il, et il ouvrit avec précaution une autre issue qui donnait sur un escalier dérobé. Si elle me voit elle m'accablera de questions, elle essaiera de m'empêcher de sortir; et il franchit rapidement les marches qui le séparaient de son valet de chambre qui accourait l'avertir que ses ordres etaient exécutés.

— Le monde arrive déjà en grand nombre; madame sera trop occupée pour s'apercevoir de votre absence, surtout si elle n'est pas longue.

D'ailleurs vous reviendrez bientôt, n'est-ce pas, monsieur ? Vous allez dans un quartier si solitaire, si...

—Imbécille! Que veux-tu qu'il m'arrive, je suis armé. N'oublie pas ce que tu dois dire à ma mère, je serai promptement de retour.

Ces derniers mots se perdirent dans le bruit des roues du cabriolet qui emportait Edmond ; ces derniers mots, le pauvre Didier se les répéta bien des fois durant cette nuit qui lui parut si longue, et dont il ne fut pas seul à compter les heures. Chez madame de Velly, à l'inquiétude se joignaient la colère, le ressentiment : son fils n'était pas là, et le prince qui honorait sa fête, l'avait plusieurs fois demandé...... Hélas! une douleur plus touchante déchirait le cœur de la pauvre Josepha. Edmond ne paraissait point à cette fête donnée pour célébrer sa naissance. Qui pouvait l'arrêter ? Mais vainement écouta-t-elle sa belle-mère prendre les informations

les plus minutieuses, interroger tous les gens
et surtout Didier. On ne pouvait rien supposer
sur une absence aussi inaccoutumée. Il était
sept heures du matin, et M. de Velly n'avait
point encore reparu chez lui.

XIV.

———

C'était une dure et âpre soirée de janvier, le souffle se glaçait sur les lèvres, le vent sifflait avec violence, et le ciel, scintillant d'étoiles, éclairait les pavés secs et glacés. Chacun rentrait chez soi chercher un foyer bienfaisant ou du moins un abri ; et, même dans le quartier de l'Arsenal, on n'entendait que de loin en loin le marteau de bronze retomber sur les portes ; le silence ne fut bientôt plus troublé que par

le roulement, de plus en plus rare, de quelques
voitures tirées avec efforts par de pauvres chevaux qui perdaient pied à chaque pas. De ce
nombre était celui qui traînait le cabriolet où
était M. de Velly. Cependant le cocher, certain
qu'il serait généreusement payé, n'épargnait au
pauvre animal ni exhortations, ni coups de fouet;
mais enfin force fut de s'arrèter, la malheureuse
bète n'en pouvait plus; le cocher assura pourtant qu'on serait bientôt arrivé à l'adresse indi-
quée, et hasarda une question :

— Attendrai-je, monsieur ?

— Certainement, répondit M. de Velly; mais
trouverai-je maintenant la personne qui m'a-
vait donné rendez-vous à dix heures : il me
semble que minuit sont sonnées.

— Il y a long-temps, vraiment, car c'est une
fameuse course de venir de la rue de Varennes
ici; mais enfin nous voici dans celle de la Cerisaie. Le numéro, monsieur, s'il vous plaît?

— Dix-sept, répondit Edmond en relisant

encore sa lettre à la clarté de la lanterne du cabriolet.

— C'est ici, dit le cocher en s'arrêtant au bout d'un moment, devant une petite porte basse qui s'ouvrait dans un mur au-dessus duquel s'élevaient quelques branches couvertes de givre.

— Est-ce là que vous allez, mon bourgeois ? Ça me paraît diablement solitaire. Connaissez-vous les gens que vous allez trouver ?

Edmond ne répondit rien et se mit à frapper. Déjà même il avait recommencé plusieurs fois sans qu'on vînt lui ouvrir ; le sentiment de curiosité qui l'avait conduit jusque-là s'était un peu ralenti par la longueur et peut-être aussi par la difficulté du chemin, et il paraissait assez disposé à ne pas insister davantage pour être introduit, quand une voix de femme se fit entendre derrière la porte et demanda qui était là.

— Est-ce ici que je trouverai madame Desprez ? dit Edmond. Je suis la personne qu'elle attendait à dix heures, mais qui n'a pu venir plus tôt.

Pendant ce colloque, qui ne satisfaisait pas le cocher, parce qu'il lui sembla qu'une visite semblable faite à une femme pouvait se prolonger fort long-temps ; on tourna plusieurs fois la clef dans la serrure, la porte s'ouvrit et laissa voir une personne d'une figure douce et honnête.

— Il est bien tard, dit-elle hésitant et en regardant attentivement Edmond. Cependant on vous attend avec tant d'inquiétude, tant d'impatience ! Entrez, monsieur.

Edmond obéit et fut introduit dans le jardin, dont on referma soigneusement la porte. L'allée qu'il suivit sur les pas de son guide, lui parut longue ; une inquiétude vague un sentiment mêlé de trouble, d'intérêt, de curiosité, même de quelque crainte, l'arrêta.

— Ce n'est donc pas vous qui me demandez, madame ? Savez-vous...

— Je ne sais rien ; seulement qu'on vous attend avec une anxiété qui doit vous engager à ne pas différer davantage.

Edmond se remit à marcher ; mais, de cette fois, ce fut avec une vive répugnance. Il pensa qu'on s'était adressé à sa jeunesse, à sa fortune, pour l'attirer dans quelque aventure galante, et il ne s'était jamais senti moins disposé à y jouer un rôle ; tout intérêt, toute émotion étaient disparus, et, quand il arriva à la porte d'un pavillon que l'obscurité l'avait empêché de distinguer, il aurait donné beaucoup pour en être éloigné. Cependant la vieille dame l'introduisit dans un petit vestibule, ouvrit ensuite la porte d'un appartement faiblement éclairé, et le laissa.

Resté immobile près de cette porte, ce ne fut qu'au bout d'un instant qu'Edmond distingua quelque chose de noir qui s'avançait vers lui, il porta involontairement la main sur son pistolet, mais sa main retomba tremblante, mais ses pieds demeurèrent attachés à la terre, tout son être enfin fut livré à une émotion effrayante, car

15

il crut d'abord que ce qu'il voyait, était une vision de son esprit toujours occupé de la même
pensée; cependant, à mesure qu'il put mieux
distinguer, quand il put reconnaître que son rêve
de tous les instans avait pris une forme réelle,
quand elle s'approcha de lui, quand il entendit
cette voix, qu'il croyait à jamais muette, prononcer son nom, il cacha sa tête dans ses
mains, et demanda à Dieu de lui envoyer la
mort, avant de lui enlever ce qu'il venait de lui
rendre ; mais des sanglots se mêlèrent aux
siens, mais des lèvres brûlantes et passionnées
s'attachèrent à ses lèvres, et il pressa Juanita
dans ses bras avec délire, avec ivresse. La
digue était rompue, les liens qui l'attachaient
à une autre, les torts de Juanita, tout fut oublié.
C'était elle qu'il retrouvait, elle qu'il avait tant
aimée, tant pleurée ; c'était elle qu'il revoyait
plus belle, plus passionnée cent fois, et toute
parée de la sincérité d'un amour dont il ne
pouvait plus douter. Car elle ne cessait de

lui jurer qu'elle voulait n'exister que pour lui seul, que lui seul saurait qu'elle était encore au monde. Ah! qui essaierait de peindre alors les heures passées dans une ivresse que tant de souvenirs, de malheurs, d'obstacles rendaient délirantes jusqu'à la folie! Bientôt ils ne se rappelèrent plus ce qu'ils avaient souffert, ils avaient tout oublié, ils voulaient seulement du bonheur, et du bonheur à tout prix.

—Ah! comment te peindre ce que j'ai enduré loin de toi, lui disait Juanita; si tu savais combien de fois j'ai maudit ce couvent et ces hautes murailles qui me semblaient le seul obstacle qui nous séparât! Sais-tu le moment où j'étais le moins à plaindre? c'était, quand près de la fenêtre grillée de ma cellule, j'envoyais ton nom aux nuages courant dans le ciel; je rêvais quelquefois qu'il me revenait d'en haut, pour me consoler; puis on m'accablait de menaces, on voulait que je prononçasse des vœux. Je résis-

tais, et ces femmes, jalouses de ma jeunesse, me
menaçaient de m'ensevelir dans un cachot; que
m'importait un cachot ou un couvent? Alors
elles inventaient de nouveaux supplices, elles
envoyaient leurs prêtres me menacer de l'enfer
et des peines éternelles qui m'attendaient, car
don Luiz leur avait sans doute dit que c'était
l'amour que j'avais pour un Français qui dévorait ma jeunesse et causait ma résistance...

— Le monstre! interrompit Edmond, il a
écrit à ta mère que tu étais morte.

— Ma pauvre mère! reprit Juanita en pleurant, n'est-ce pas qu'à son lit de mort elle ne
m'a pas maudite? oh! dis-moi que non!

— Te maudire! ah! au contraire, elle t'a
pleurée, elle t'a bénie. Et il couvrait les mains
de Juanita de baisers et de larmes; et bientôt
il n'y eut plus de place que pour l'amour. Mais
cependant c'était Edmond qui était le plus heureux des deux dans cet instant, car il avait ou-

blié et sa jeune compagne et son fils et sa mère,
tandis que Juanita, malgré la violence de sa
passion sentait qu'un terrible passé pesait sur sa
conscience : elle savait qu'elle avait ordonné un
meurtre et que celui qui l'avait commis avait
sur elle droit de vie et de mort. Cependant Edmond la ramenait bien vite à lui seul, et lui
demandait de lui raconter ces trois années passées loin de lui, et les dangers qu'elle venait
de courir pour le rejoindre.

— J'ignorais si tu existais, si tu m'aimais, lui
disait-elle; mais, quand je ne pouvais supporter
ce doute, je mettais la main sur mon cœur, et
je me disais que, dès qu'il pouvait connaître
encore la crainte et l'espoir, c'est que tu vivais,
c'est que tu m'aimais toujours. Aurais-je cent
fois exposé ma vie, si une voix intérieure ne
m'avait crié qu'elle ne pouvait plus appartenir
qu'à toi seul.

—Mais, comment as-tu échappé à ce couvent,
à ces femmes cruelles?

— En laissant ma chair palpitante sur leurs murs hérissés de fer, en les franchissant, quoiqu'un précipice fût à mes pieds. Mais, Edmond, que m'importait? Je préférais la mort à la vie que je menais, à l'incertitude où j'étais sur ton sort. D'ailleurs, si je ne m'étais pas échappée, on m'eût forcée à prononcer des vœux, ou bien une destinée plus terrible m'attendait. Don Luiz devait venir me réclamer, et qui sait quel sort m'eût réservé son odieux amour.

— L'indigne! interrompit encore Edmond. Et quels droits peut-il donc faire valoir? N'es-tu pas libre de rompre un engagement pris quand tu n'avais aucune expérience. La volonté de la femme détruit les promesses de l'enfant. Tu en appelleras aux lois, à ta famille.

— Moi! prononça-t-elle d'une voix sombre et basse. Ah! ni lois, ni famille ne peuvent détruire les droits... D'ailleurs, ajouta-t-elle en relevant la tête avec fierté, crois-tu que je veuille la revoir ma famille. Ma mère seule eût pu m'aimer, me protéger, mais....

— Je n'ai pas été seul à pleurer votre mort, Juanita, et...

— Ne prononcez jamais le nom qui est sur vos lèvres, interrompit-elle avec violence, je ne veux jamais l'entendre. Je sais que je pourrais demander mon héritage à ma famille, mais la fortune me rendrait-elle ce que j'ai perdu, ce que votre inconstance m'as enlevé, cruel?

— Ne parle point ainsi, s'écria Edmond en retombant à ses pieds; ah! tu ne peux savoir ce que j'ai souffert, tu ne peux savoir ce que c'est que les larmes et les prières d'une mère, tu ne peux savoir la puissance d'une douleur dont on est cause. J'ai cédé, je suis l'époux d'une autre; elle est belle, jeune, vertueuse; je te croyais dans la tombe, et pourtant toujours je n'adorais que toi.

XV.

———

Les rues avaient repris leur aspect vivant,
les boutiques s'ouvraient; le jour, levé depuis
une heure, avait ramené pour les uns des devoirs, des embarras; pour d'autres, des plaisirs
nouveaux allaient faire oublier ceux de la veille,
quand le comte de Velly frappa un coup très
léger à la porte de son hôtel. On ouvrit, et une
bruyante exclamation du concierge allait apprendre son retour, mais il lui fit signe de gar-

der le silence, et franchit rapidement l'escalier
dérobé qui donnait dans son appartement.

Ce fut Didier qui lui ouvrit.

—Mon Dieu, mon cher maître, s'écria le
pauvre garçon, que vous est-il donc arrivé?
Tout l'hôtel est en émoi, madame votre mère a
demandé sa voiture pour dix heures, dans le
cas où vous ne seriez pas rentré, afin d'aller à
l'état-major savoir de vos nouvelles; ma jeune
maîtresse, j'en suis sûr, ne s'est pas couchée, et...

— Quelle persécution! dit Edmond en jetant
sur un siége sa redingote couverte de givre;
qu'y a-t-il donc d'étonnant qu'un homme ait
affaire?

—C'est vrai, c'est vrai, monsieur; cependant on n'est pas maître de son inquiétude, et
puis vous ne sortez jamais la nuit, ni même le
soir. Mais, tenez, j'entends la porte de l'antichambre de madame votre mère qui s'ouvre.
Je suis persuadé qu'on l'aura avertie que vous

étiez de retour, et je suis sûr que la voici.

Edmond eut bien de la peine à réprimer un geste d'impatience; mais, après avoir ordonné à Didier de ne point quitter son appartement, il s'avança vers madame de Velly.

— Vous m'avez vivement inquiétée, mon fils, dit avec sévérité la comtesse, même cette inquiétude n'est point entièrement dissipée. Certes il vous a fallu une affaire bien grave, bien importante pour que vous vous décidiez ainsi à manquer aux convenances. Vous donniez une fête pour célébrer la majorité de votre femme, un de nos princes daignait y assister, et je ne puis concevoir comment vous avez pu y manquer.

Edmond se baissa pour attiser le feu, ordonna à Didier d'y ajouter du bois et parut peu disposé à répondre aux questions de sa mère.

— Didier, sortez ! prononça la comtesse avec impatience.

— Permettez-lui de rester, madame, il faut

que je m'habille, et son service m'est nécessaire.

—Vous ne comptez sans doute pas sortir
avant d'avoir vu Josepha, mon fils, ni sans
m'expliquer le motif d'une absence aussi extraordinaire ?

— Je vous en supplie, ma mère, n'insistez
pas dans ce moment; une affaire importante
m'a retenu, je ne puis vous en apprendre davantage, et....

— Et vous voudriez que je ne m'occupasse
plus de ce qui vous concerne, n'est-ce pas Edmond ? Peut-être me résignerais-je au rôle que
vous m'imposez, si ma tendresse...

—Daignez la modérer, madame, interrompit Edmond avec un peu de fatigue, si elle
doit vous occasioner tant de tourmens.

— C'est bien, mon fils, très bien; souvenez-
vous seulement qu'il est une destinée sur laquelle je veillerai toujours ; et, dût mon autorité
être condamnée au silence, je n'oublierai point

l'engagement sacré que j'ai pris au lit d'une
mère mourante. Je réponds du bonheur de
Josepha ; souvenez-vous-en, mon fils. Et la
comtesse sortit, laissant Edmond plus impor-
tuné qu'affligé de ses menaces.

Il venait de ressaisir trop de bonheur pour
être sensible à autre chose qu'à ce souvenir ;
et dans ce moment il crut que l'humeur et
les reproches de sa mère lui seraient toujours
indifférens. Si l'image de Josepha, triste, malheureuse, et ne se permettant pas une plainte,
avait plus de puissance sur son âme, il s'étourdissait sur ce mouvement de sensibilité et d'honneur en se répétant que celle qui semblait lui être
ainsi rendue par miracle, avait sur lui des droits
plus anciens, plus sacrés : malheureusement, on
ne manque pas de bonnes raisons pour pallier
ses torts à ses propres yeux, Edmond en vint
même jusqu'à se dire que Josepha n'avait jamais dû s'attendre à être aimée passionnément
de lui ; qu'elle savait bien qu'il en avait tou-

jours regretté une autre, et que, du moment où
il ne manquait ni d'égards, ni de procédés, elle
n'avait aucun reproche à lui faire. Mais, quels
que fussent ces paradoxes, il ne pourrait les oppo-
ser long-temps à ses remords, car il était déter-
miné à se séparer de Josepha, à livrer une femme
jeune et vertueuse aux chagrins et aux dangers
d'une absence sans retour ; il devait prétexter le
désir de faire un voyage et quitter la France
pour jamais avec Juanita. C'était le projet qu'ils
avaient formé l'un et l'autre dans l'ivresse de
leur fol amour ; à ce prix, Juanita avait pardonné à Edmond d'être l'époux d'une autre ; à
ce prix, elle, si fière, avait accepté l'infamie ;
à ce prix, elle avait consenti à aller traîner à
l'étranger une existence avilie par une mauvaise action ; à ce prix, elle avait accepté d'être la
maîtresse du mari de sa sœur.... Il est vrai que
cette honte ne devait pas retomber sur son nom :
on la croyait morte, on ne devait jamais savoir
qu'elle fût au monde ; ils devaient vivre dans la

solitude, et pour eux seuls, n'avoir de bonheur
que leur amour, de société qu'eux-mêmes ; enfin, dans l'espace de quelques heures, ils avaient
arrêté le reste de leur vie ; ils avaient décidé
que leur passion devait toujours rester la même
et leur causer la même ivresse.

Cependant ces projets formés si vite par des
têtes volcanisées et dans l'ardeur de leur amour,
offraient plus d'un écueil, plus d'une difficulté
dans l'exécution. Ces difficultés existaient surtout pour Edmond. Aussi Juanita, libre d'elle-
même, tant que la volonté puissante de don
Luiz ne peserait pas sur elle, Juanita s'étonnait
qu'Edmond mît autant de lenteur dans l'accomplissement d'un projet qu'ils avaient si promptement conçu. Et, quoiqu'il lui consacrât toutes
les heures que lui laissaient les affaires importantes qui l'occupaient au moment de s'expatrier
pour toujours, la fière Espagnole se plaignait à
chaque instant de son absence ; elle n'avait rien
à faire, elle, que d'attendre, de compter les

instans ; car vainement avait-il embelli sa retraite; vainement irritait-il sa mère , affligeait-
il Josepha en ne paraissant plus que quelques
courts momens aux cercles du soir, Juanita
ne lui tenait compte de rien, et son amour
avait l'empreinte de son caractère passionné
et jaloux, il lui fallait d'orageuses explica-
tions, de frénétiques racommodemens pour
la satisfaire. Mais plus elle obtenait d'Edmond, plus elle exigeait encore, et, quelque fasciné qu'il fût, il était prêt à se trouver malheureux. Juanita ne comprenait pas
non plus qu'on pût regretter quelque sacrifice pour elle, et, si elle voyait un nuage
sur le front d'Edmond, elle lui en faisait un
crime, ne parlait que de rupture, que de catastrophe et usait sa vie et celle de son amant
dans des émotions chaque jour plus violentes.

Deux mois s'étaient écoulés dans ce continuel orage, quand Edmond lui apprit que tout
était prêt, qu'ils partaient le lendemain au point

du jour. Il y avait dans l'expression qu'il mit en lui annonçant cette nouvelle, un mélange de regrets et de bonheur bien naturel ; mais Juanita s'en trouva offensée.

— Il en est encore temps, s'écria-t-elle avec violence, vous pouvez rester, Edmond, je trouverai bien un coin du monde où je saurai mourir seule.

— Quelle injustice ! Juanita, me ferez-vous un crime de donner quelques regrets à une mère qui m'a nourri de son lait, qui m'a prodigué tant de soins dans mon enfance et dont je suis le seul bien, l'unique consolation ?

— N'est-il pas naturel que vous sortiez de sa domination, que vous soyez votre maître enfin ?

— Sans doute, et plus d'une fois, peut-être, j'ai murmuré de l'autorité qu'elle voulait conserver sur moi. Mais vous ne savez pas quel attendrissement se mêle aux reproches qu'on fait à une mère ? on se plaint de sa domination, et il semble pourtant qu'on sera abandonné de tous

16

quand elle ne pesera plus sur vous. Elle rassure l'âme ; oui , la protection d'une mère semble
remplacer celle de Dieu.

— Il est facile de ne pas vous y soustraire,
dit Juanita avec amertume ; d'ailleurs osez me
dire que vos regrets sont entièrement pour votre mère ? Ah ! si je croyais qu'une autre...

— Je t'aime, je t'idolâtre, s'écria Edmond
en tombant à ses pieds ! mais laisse-moi t'avouer
qu'à l'image de ma mère se joint celle de mon
fils ; oh ! ne me repousse pas, Juanita. Oui, je t'ai
promis de te suivre, de n'aimer que toi, mais
je ne t'ai pas promis de ne point donner de
larmes à cet enfant, qui peut-être un jour
maudira ma mémoire, car il saura que je l'ai
abandonné au berceau et ma mère sur le bord
de la tombe.

Juanita voulut s'éloigner.

— Laisse-moi pleurer, dit-il en la retenant,
demain tout sera fini, j'aurai tout brisé pour
toi. Que me restera-t-il si mes regrets t'offen-

sent, si je ne puis, près de celle que j'aime, pleurer ma mère et mon fils?

— Un amour violent et passionné remplace tout.

— Qui le sait mieux que moi, Juanita? ni les larmes de ma mère, ni tes fautes n'ont pu t'arracher de mon cœur. Cependant, je suis profondément malheureux en songeant à la malédiction qui m'attend.

— Une malédiction pour écouter son cœur? prononça Juanita avec ironie; ne dites point cela, Edmond, je croirais que votre âme est faible et que vous ne savez pas ce que c'est que d'aimer. Ah! vous, vous ignorez tout ce que me coûte la funeste passion que vous m'avez inspirée. — Et le front de l'Espagnole pâlit, elle crut voir devant elle le cadavre de Raoul de M.....

Dix heures sonnèrent.

— Il faut que je te quitte, s'écria Edmond rompant un silence qu'ils gardaient depuis assez long-temps, j'ai promis de paraître au cercle

de ma mère, et je ne veux pas me faire attendre ; je ne veux pas que les dernières paroles
que j'entendrai d'elle soient dures et mena-
çantes ; j'ai aussi quelques lettres à écrire, mais
au point du jour je serai à votre porte, Juanita,
attendez-moi.

— Et qu'ai-je donc à faire qu'à vous attendre, Edmond ? Je n'ai point, moi, d'adieux à
faire, ni de famille à regretter ; je ne suis plus
rien au monde, plus rien que la maîtresse du
mari de ma sœur !...

Elle pâlit, et sa belle tête retomba sur sa poitrine. Sa fierté blessée venait de réveiller le remords.

— Idole de ma vie, mon bonheur, mon seul
espoir, s'écria Edmond en la pressant sur son
cœur ; pardonne si je t'ai offensée ; mais quand
je n'aime que toi, quand je t'adore, que peux-
tu regretter ?

— Rien, rien ! seulement il me semble,
ajouta-t-elle en relevant son front avec un

mouvement d'orgueil; il me semble que je n'é-
tais pas faite pour cette infamie; il me semble
que j'étais née pour avoir le pas sur toutes ces
beautés insolentes que vous voyez chaque soir,
et qui vous paraissent si séduisantes...

— Ne parle pas ainsi, Juanita; va, je voudrais
avoir toutes les beautés de la terre à sacrifier,
je voudrais jeter derrière moi l'ambition, la
fortune et repousser tes consolations si tu voulais m'en offrir; mais laisse-moi regretter ma
mère et mon fils, mais laisse-moi aller les voir
encore une fois. A demain, Juanita; à demain,
je serai à toi pour la vie! — Et la porte se referma sur Edmond.

Juanita ne se coucha pas et compta chaque
minute jusqu'à l'instant où il allait revenir. C'é-
tait presque toujours ainsi qu'elle passait ses
nuits.

XVI.

——

La soirée était déjà fort avancée quand M. de
Velly parut chez lui; les yeux de sa mère
étaient sombres et remplis de colère. Josepha
s'efforçait de cacher sa profonde tristesse, la
pâleur de son teint, le changement et l'altération de ses traits à l'aide d'une brillante toilette;
mais ses joues se colorèrent un peu quand Edmond entra.

— Parbleu! mon cher comte, s'écria M. Delon, qui ne manquait jamais une des soirées de

que mon fils vous fera gagner votre pari, et qu'il sera le premier à proclamer que mademoiselle de Valeria, sa belle sœur, était une merveilleuse et incomparable beauté.

Il y avait une expression de dureté et d'ironie si marquée dans les paroles de la comtesse, que M. Delon, à qui on pouvait reprocher de manquer de tact, sentit néanmoins tout le tort qu'il avait eu d'agiter un pareil sujet et en changea à l'instant même.

— Edmond, dit madame de Velly entraînant son fils dans une autre partie de l'appartement, hier encore je n'eusse point permis devant vous, je ne me serais pas permis moi-même de prononcer le nom d'une femme qui vous a causé de si amers regrets; mais, aujourd'hui, je sais à quoi m'en tenir sur la constance de vos sentimens; tels ridicules qu'ils fussent, je vous plaignais du moins, aujourd'hui...

— Je ne vous comprends pas, madame, in-

terrompit Edmond avec embarras, mais je crois
que ce n'est guère l'instant de traiter un pareil
sujet.

— Apprenez-moi l'heure qu'il faut que je
choisisse, puisque vous ne paraissez plus chez
vous, mon fils, qu'au moment où il y a du
monde ; vous semblez éviter toute intimité,
toute relation avec votre famille. Cependant,
comme vous le dites, ce n'est pas le moment,
je vous attendrai donc ce soir même dans mon
appartement.

—Demain, ma mère, ne serait-il pas temps ?..

—Non, Edmond, non, il est possible que
vous puissiez dormir, vous ; mais pour votre
mère, le temps d'un sommeil paisible est passé.
Il faut que je vous parle ce soir, mon fils, ce
soir, entendez-vous ?

Et madame de Velly s'éloigna.

Edmond quitta le salon, et peu de momens
se passèrent, sans qu'il jugeât, au bruit des voitures roulant sur le pavé de la cour, que l'instant

de rejoindre sa mère n'était pas éloigné. Depuis long-temps il redoutait toute conversation particulière avec elle, mais à l'instant où il était arrivé, à cet instant où il allait s'éloigner d'elle pour jamais, où il allait rompre tout lien avec l'honneur et la société, il se sentait doublement malheureux de voir arriver une explication qui ne pouvait qu'être orageuse.

Depuis qu'Edmond avait retrouvé Juanita, sans doute il était décidé à lui tout sacrifier; et déjà plus d'une fois il avait mesuré l'importance de la démarche qu'il allait faire. Mais du projet d'une faute, presque d'un crime, à l'exécution, il y a encore un immense intervalle. Vu en perspective, il occupe et tourmente, mais quand arrive le moment d'agir, ah! c'est alors qu'on en pèse toutes les conséquences, qu'elles paraissent sous leur véritable jour, et se revêtissent de toute leur importance. M. de Velly ne tenait point au préjugé de la naissance, mais il savait qu'il portait un nom que jamais une action,

non pas seulement coupable, mais légère, n'avait
entaché; il n'avait point d'amour pour Josepha,
mais il était convaincu qu'il en était aimé, mais
il avait trouvé du charme dans l'égalité de son
caractère, dans la fermeté de ses principes; il était
certain que son honneur, ce premier bien d'un
homme, serait toujours respecté par elle; enfin il
professait, pour Josepha, le respect qu'inspire
une âme délicate et pure. Et c'était une telle
femme qu'il allait blesser, non seulement dans
sa tendresse, mais dans sa fierté, dans sa religion.
Josepha venait d'avoir vingt-un ans, et il la con-
damnait à un éternel veuvage, il brisait sans
pitié cette fleur délicate, qu'une mère lui avait
confiée à son lit de mort, il l'abandonnait, elle qui
avait nourri son fils, ce fils, sa jeune espérance;
ce fils qui savait déjà l'aimer et le lui dire. Et
puis sa mère, âgée, fatiguée par de longs malheurs; sa mère, dont il était le seul bien, la
seule gloire, il ne la reverrait jamais, car il la
laisserait chargée d'une douleur dont ell mour-

rait, parce que dans cette douleur, il y aurait de
la honte. La lettre où il donnait sa démission était
déjà écrite; et madame de Velly', si fière, si heureuse d'aller à la cour, n'oserait plus s'y présenter. Sous le prétexte de faire un long voyage, Edmond renonçait à son grade, à sa profession; oh!
tout cela allait être terrible pour ces deux femmes, qui ne vivaient, qui n'espéraient qu'en lui.

Ces réflexions passaient comme un fer rouge
dans la tête du malheureux Edmond. Si au milieu d'elles surgissait le souvenir de Juanita, sans
doute ce souvenir commençait par en diminuer
l'amertume; mais du milieu de cet amour si puissant, si effréné, s'élevait cependant la perspective
des scènes orageuses, des exigences injustes,
nées du caractère de celle qu'il aimait; enfin si
Edmond ne s'avouait point encore qu'il y avait
malheur et honte au bout de la démarche qu'il
allait faire, il reconnaissait pourtant à Juanita des
défauts qui devaient être un obstacle à son propre
bonheur et à celui de l'homme qu'elle aimait.

Alors Edmond se disait, comme les caractères faibles qui savent plutôt mourir que de prendre un parti raisonnable : O mon Dieu ! que je voudrais que la mort finisse mes tourmens, et me délivre du supplice de briser les cœurs de ceux que j'aime. La tête appuyée sur le marbre de sa cheminée, il laissait couler l'heure, sachant pourtant qu'au jour il lui faudrait prendre un parti, et un parti terrible.

La voix triste et basse de son valet de chambre, lui demandant quelques derniers ordres, le tira de cette douloureuse stupeur.

— Non, Didier, non, répondit M. de Velly, je n'emporte que mon linge et mes habits ; j'ai ordonné qu'on te donne mes uniformes, et plusieurs effets qui me sont inutiles.

— Il est donc absolument impossible que je vous suive, monsieur, dit le pauvre Didier en laissant échapper ses sanglots, moi qui ne vous ai pas quitté depuis que vous êtes sorti de Saint-Germain ; moi qui vous aime tant, qu'ai-je

donc fait? jamais pourtant mon service n'a paru
vous déplaire. Si j'ai manqué à quelque chose,
si......

— Rassure-toi, mon pauvre garçon, rassure-
toi, tu m'as toujours servi avec zèle, avec dévouement; aussi je te recommande à ma mère, à
ma femme; tu ne quitteras jamais cette maison;
tu peux même m'y rendre un service bien essentiel.

Didier essaya de parler, mais il ne put que
faire un signe d'obéissance.

— Didier, un jour je t'écrirai pour savoir des
nouvelles de mon fils, de mon petit Raymond;
tu me répondras avec détail, avec clarté, mais
tu ne diras jamais à personne que tu as reçu
de mes nouvelles, tu me le jures?

— Sur ma vie, monsieur!

— D'ici à quelques années j'ordonnerai qu'on
t'attache exclusivement au service de mon fils;
tu l'aimeras comme tu as aimé son père; n'est-
ce pas?

Le bon Didier fondit en larmes.

—Mais c'est donc une absence éternelle que vous allez faire, monsieur? s'écria-t-il. Je vois bien que tout ceci cache un mystère; les papiers que vous avez brûlés, les lettres que vous avez écrites, cette forte somme en or que vous avez placée dans votre nécessaire de voyage, tout annonce que vous ne reviendrez de bien long-temps. Emmenez-moi, monsieur, emmenez-moi, ne dussé-je jamais revoir la France !

—Impossible, Didier, impossible ! mais tu vois combien je t'estime puisque je te confie le secret le plus important de ma vie. Allons ! calme-toi, achève mes préparatifs ; je vais chez ma mère.

—Madame sait donc que vous partez au point du jour, monsieur ?

—Hélas ! non ; elle croit que je ne quitte Paris que le mois prochain. Tu descendras doucement mes malles et tu avertiras le concierge que, s'il parle, je le chasse.

—Il se taira, monsieur, soyez tranquille ;

17

mais madame votre mère, dans quel état elle va
être, quand elle apprendra votre départ! elle
vous aime tant! quoiqu'elle soit un peu sévère.
Ce matin encore, elle est restée pensive plus d'un
quart d'heure devant votre portrait qui est
dans la galerie, celui où vous êtes représenté
avec le costume de l'école Saint-Germain.

« Edmond m'aimait alors, disait-elle tristement, il ne me fuyait pas! » Puis elle a pris le
petit Raymond dans ses bras et lui a fait baiser
le tableau. Pauvre petit ange! il vous connaît
si bien. Ah! monsieur, où irez-vous donc
pour trouver une meilleure mère, une femme
plus douce, plus jolie, un enfant plus caressant,
plus aimable, des gens qui vous soient plus attachés? Car nous sommes tous contens quand
vous paraissez l'être, et quand vous rentrez
dîner, ce qui arrive si rarement depuis quelque temps, vous devez remarquer alors la joie
de ces dames; elles n'osent parfois rien dire
dans la crainte de vous embarrasser, mais...

— Tais-toi, interrompit Edmond d'une voix sombre, tais-toi, Didier, il me faut du courage ; ne néglige rien de ce que je t'ai recommandé : je passe chez ma mère.

XVII.

———

La tête de madame de Velly reposait appuyée
sur sa main; elle avait quitté sa toilette du soir,
et le vêtement blanc dont elle était enveloppée
fit encore plus ressortir l'altération de son visage quand elle quitta sa position mélancolique, en entendant entrer son fils. Edmond,
déjà fort ému par ce que venait de lui dire
Didier, sentit l'irritation qu'il avait depuis long-

temps contre sa mère, s'éteindre à la vue de son abattement, à la pensée qu'il la voyait pour la dernière fois; et s'approchant de madame de Velly, il pressa sa main sur ses lèvres avec tendresse et respect. Elle la retira froidement et lui fit signe de s'asseoir. Ils gardèrent un instant le silence; enfin la comtesse, faisant effort, dit d'une voix grave et sévère, sans regarder Edmond :

— J'ai réfléchi, mon fils, à nos rapports depuis quelques mois, à votre froideur, à votre manque de confiance, à vos absences si fréquentes, et il m'a été impossible de n'y pas reconnaître une influence dangereuse. J'ai voulu savoir la vérité, et je l'ai découverte.

— Tout le sang d'Edmond se réfugia vers son cœur; à l'image des malheurs qui pouvaient atteindre Juanita, il sentit se ranimer son amour et il se leva avec violence. La comtesse lui fit signe de se rasseoir.

— Je l'ai découverte, reprit-elle en laissant

échapper sa colère contenue, je sais enfin que vous, Edmond de Velly, vous dont les veines renferment un noble sang, vous, l'époux d'une femme charmante, vous, père de famille et mon fils, vous vous ruinez pour une courtisane, vous donnez tout votre temps, toute votre affection à une femme déshonorée. — Il se leva encore. — Vous m'écouterez, répéta la comtesse impérieusement, vous m'écouterez, mon fils ; je sais que vous êtes le maître de votre fortune, et le dernier reproche que je penserai à vous adresser, concernera les sommes énormes que vous jetez au vice ; je sais aussi que vous pouvez m'ordonner le silence, car, devenu ce que vous êtes, vous ne craindrez pas de manquer de respect à votre mère. Mais si tout sentiment d'honneur n'est point éteint dans votre âme, vous aurez pitié du remords que vous m'imposeriez en rendant Josepha malheureuse. Ah ! mon fils, vous ne savez pas, puissiez-vous ne jamais savoir, ce que c'est qu'un re-

mords, quand on n'a plus, pour l'étourdir, ni
les plaisirs ni les passions de la jeunesse.

Ecoutez-moi avec attention, Edmond; vous
n'ignorez pas que j'ai été élevée avec madame
de Valéria, que je l'aimais comme une sœur;
forcée de la quitter pour suivre mon mari en
France, à peine y étais-je arrivée, que la révolution commença; elle ruina votre père, elle
nous enleva honneurs, rang, richesses; je
supportai tout avec courage, jusqu'au jour
où je perdis mon époux. Mais alors on dé-
sespéra de ma vie : vous aviez à peine un an,
mon fils, madame de Valéria apprit l'état où
j'étais réduite, et, sans balancer, elle accourut
du fond de l'Espagne, et resta près de moi jusqu'à ce que je fusse entièrement rétablie. Ce ne
fut pas tout, je n'avais plus de fortune; pour
ménager ma fierté, elle me fit, chaque année,
passer des fonds, comme s'ils venaient de mes
terres en Espagne; terres qui, je l'ai su depuis,
avaient été vendues après mon mariage. Pen-

dant vingt ans, ce fut elle qui me fournit les
moyens de vous élever et de vivre d'une manière
honorable. Enfin, Edmond, avant même que
vous n'héritiez de votre oncle, elle vous destinait
sa fille Josepha, avec une dot considérable. Je
n'aurais pas aimé Pepita comme la première
amie de mon enfance, que tant de services, de
bonté, me l'eussent à jamais rendue chère. Aussi
jugez si les promesses que je lui ai faites à son
lit de mort me doivent être sacrées, et si le
bonheur de sa fille doit être mon premier désir,
de sa fille si pure, si parfaite, que vous devriez
adorer, et dont vous empoisonnez l'existence.

— Hélas! madame, interrompit Edmond,
pourquoi m'avoir forcé à devenir son époux,
puisque vous n'ignoriez pas que l'image d'une
autre était si puissante sur mon âme? Si nous
sommes malheureux, n'est-ce pas vous qui en
êtes cause?

— Ingrat! quel reproche à faire au cœur
d'une mère? Pouvais-je supposer que vous gar-

deriez si long-temps le souvenir d'une femme
méprisable? et que, quand il serait effacé, vous
porteriez encore à une autre les soins et l'amour
qui devraient être le bien de Josepha, de la mère
de votre enfant? Marcherez-vous donc toujours
d'erreurs en erreurs? Etes-vous fait pour n'aimer que ce qui en est indigne?

— Madame, prononça Edmond avec effort,
Josepha est heureuse, je l'espère, des plaisirs de son âge, des jouissances que donnent
la fortune. Enfin, je ne lui ai point promis
d'amour, et....

— Quel cruel raisonnement, mon fils! Quoi!
vous n'avez point de pitié pour cette enfant qui
vous aime d'un attachement si pur, si dévoué;
qui cache ses larmes pour ne pas vous embarrasser; qui ne vit, qui ne pense qu'à vous; qui
se consume du chagrin de votre indifférence!
Ah! mon Dieu! qu'y a-t-il donc dans le cœur
des hommes, qu'ils ne peuvent aimer que ce
qui est hors du devoir et de la raison?

—Madame, dit Edmond en se levant, la nuit s'avance, je souffre de vous voir passer dans de telles émotions le temps que vous devriez accorder au repos.

—Je serai brève, Edmond; car je lis dans vos yeux l'impatience de me quitter; depuis trois mois, depuis cette nuit que vous passâtes dehors, et dont je ne devine que trop l'emploi, à peine paraissez-vous dans votre maison; et, quand vous vous forcez pour y rester quelques instans, vous ne pouvez dissimuler ni votre embarras, ni votre distraction. L'amitié que vous aviez pour Josepha est devenue de l'indifférence; et quand vous voulez embrasser votre fils, ce n'est plus dans les bras de sa mère que vous l'allez chercher. Quant à moi, mon fils, ma présence vous semble importune, vous me fuyez et vous semblez craindre autant mes caresses que mes représentations.

Cependant, comme au milieu de ce dérangement vous conserviez l'air rêveur et mal-

heureux, j'ai voulu croire... que sais-je ce que
j'ai cherché à me persuader pour vous excuser...
J'ai voulu croire, enfin, que quelque affaire
importante vous occupait, mais il y a trois
jours, obligée de me rendre chez votre notaire
et le mien, j'apprends tout naturellement que,
depuis trois mois, vous y avez pris beaucoup
plus de fonds qu'à l'ordinaire, et que vous venez de toucher d'avance deux années de vos revenus personnels, c'est-à-dire de la fortune de
votre oncle. Cet emprunt, vous l'avez fait à de
gros intérêts, et sous prétexte d'un long voyage
que vous ne commencez que le mois prochain.

J'ai eu assez d'empire sur moi-même pour
cacher mon inquiétude à tous les yeux, même
aux vôtres, Edmond; et, voulant enfin connaître
la vérité tout entière, j'ai attaché une personne
sûre à tous vos pas, et j'ai appris que vous
passiez presque tout votre temps dans une maison retirée de la rue de la Cerisaie; qu'une
vieille dame habite cette maison depuis plu-

sieurs années, mais que, depuis trois mois environ, quelques précautions qu'elle ait prises
pour se cacher, on a vu quelquefois une autre
femme sortir avec un jeune homme, cherchant
à se déguiser aussi.

Ce jeune homme, c'est vous, mon fils!

Mon premier mouvement fut de courir à
cette maison, de vous y accabler de reproches
et de honte, mais j'ai pensé à ce que je me devais et au nom que vous portez; j'ai pensé
que c'était à votre cœur, qui ne peut en si peu
de temps avoir perdu sa noblesse et sa générosité, que je devais m'adresser.

O mon fils, mon Edmond, ajouta madame de Velly en se laissant glisser sur ses
genoux et en pressant les mains de son fils,
veux-tu donc me faire mourir, me forcer à te
maudire? veux-tu que mon souvenir te pour-
suive alors comme un remords, et vienne
troubler tes plus innocens plaisirs?

Edmond releva sa mère, il la pressa avec

tendresse et douleur sur sa poitrine, mais il ne prononça pas une parole.

— Je le vois, tu n'as rien à me dire pour me rassurer, reprit-elle; éprouverais-tu de l'embarras, de la honte? va, ce n'est pas avec ta mère que tu dois connaître ce sentiment. Tout sera oublié, pardonné. Laisse à cette femme les sommes que tu as empruntées. Si même de l'or, encore de l'or peut t'être nécessaire, prends tout ce que je possède, emprunte, vends, respecte seulement la dot de Josepha; et tu n'entendras ni un reproche, ni une allusion qui puisse te blesser. Je me dépouillerai de toute autorité de mère, tu me conteras tes chagrins, je soutiendrai ton courage, mais je ne puis croire qu'il t'en faille pour rompre cet amour d'un jour, il y a si peu de temps encore que tu pleurais cette Juanita, si belle, mais si méprisable.

— Ma mère, s'écria Edmond.

— J'ai tort, mon fils, j'ai tort, Juanita a cessé de vivre; mais du moins le coup qui l'a frappée a épargné le désespoir et la honte à sa famille, car elle avait commis, ou du moins or-ordonné un crime. — Edmond écouta avec anxiété. —Oui, continua la comtesse d'une voix basse, le colonel de M... qui avait été son amant, elle l'a fait assassiner.

— Quelle horreur ! O ma mère ! qui a pu vous dire...

— Quelqu'un qui s'en croit certain ; mais elle n'est plus, étendons un voile épais sur son nom et sur son souvenir, ne parlons plus d'elle et surtout que jamais un tel soupçon n'arrive jus-qu'à Josepha, il la désespérerait. Chaque jour elle prie pour cette sœur qu'elle croit n'avoir été qu'égarée ; son âme si douce et si pure se-rait déchirée à la certitude que cette sœur fût un monstre ; n'en parlons plus.

Ainsi donc, Edmond, reprit la comtesse voyant que son fils gardait un morne silence, dès demain, vous le promettez, vous allez rom-pre cet indigne lien, à quel prix que ce soit ; il ne sera plus question, n'est-ce pas, de voyage pour toi seul; car, si tu le veux, voici la belle saison, nous partirons tous ensemble pour nos terres. Cette distraction nous fera du bien à tous, nous irons voir le vieux château où quelques mois je fus heureuse avec ton père; je l'ai racheté depuis avec les bienfaits du roi. Edmond, nous avons tant d'élémens de bonheur, ne les gâtons pas par des querelles ou des erreurs sans retour. Mais, mon enfant, va te reposer, et songe à nous, à ton fils.

—Adieu, ma mère, prononça Edmond d'une voix brisée, adieu ! Je ne sais ce que j'aurai le courage de faire; mais, quoi qu'il arrive, aimez, protégez mon fils, et surtout que Josepha ne me maudisse pas.

— Les anges ne savent pas maudire, Edmond; mais je suis fâchée de t'avoir retenu si long-temps, tu es bien pâle, et c'est à présent, surtout, que je m'aperçois combien les passions t'ont changé. Va te reposer, mon enfant, va.

Edmond fit quelques pas, puis revint encore embrasser sa mère.

Madame de Velly lui ouvrit les bras et pressa la tête de son fils contre son sein.

— Ne pleure pas, mon Edmond, lui répéta-t-elle; va, je ne t'en veux plus, je m'en rapporte même à toi pour tout ce qui est noble et bien.

Il sortit, car il sentait qu'il allait éclater en sanglots; puis il entendit la porte se refermer au verrou sur lui, et tout fit silence.

— Ma mère! murmura-t-il avec un accent déchirant en tombant à genoux près du seuil : ma mère, je ne vous reverrai plus.

Cependant il se releva avec effroi, car il entendit marcher.

— Il va faire jour, monsieur, prononça Didier d'une voix basse; la voiture est chargée, tout est prêt. Mais, pardon de vous importuner de nouveau, emmenez-moi, monsieur, je vous en conjure, emmenez-moi.

Edmond secoua tristement la tête et marcha vers son appartement.

— Je voudrais bien embrasser encore une fois mon fils, dit-il.

— Alors vous réveillerez madame, répondit Didier, car depuis une nuit qu'en revenant du bal elle a trouvé le petit Raymond sans personne près de lui, elle l'a fait placer dans sa chambre et m'a ordonné de n'en jamais quitter la porte pendant son absence, quand vous n'avez plus besoin de mon service, s'entend. Ah! monsieur, quel réveil ce matin pour ma jeune maîtresse! elle dont la première parole est toujours pour me dire : Didier, tout est-il bien chez votre maître? ne manque-t-il de rien?

Edmond fit signe à Didier de se taire, et, jetant son manteau sur son bras, s'avança vers la porte.

— Aucun souvenir de ma mère ni de mon enfant, dit-il en s'arrêtant; je quitte, comme

un coupable, ma maison, ma famille ; demain, une malédiction pesera sur ma tête,
demain, je ne pourrai plus bénir mon fils !

—Mon maître ! mon bon maître ! hasarda
le fidèle serviteur en posant respectueusement
sa main sur le bras du comte, mon bon maître, restez, il est encore temps.

Edmond fit quelques pas pour rentrer dans
l'appartement, mais un puissant souvenir vint
sans doute se présenter à lui, car il y repoussa
doucement Didier et ferma la porte à double
tour sur lui.

Cinq heures sonnaient, un jour de prin-
temps, pur et radieux, se levait ; Edmond
baissa la tête comme un coupable quand il
franchit le seuil de sa maison et se jeta au
fond de la voiture qui l'emporta rapidement.

XVIII.

Dans le village de Richemond, situé à quelques milles de Londres, se trouvent un grand
nombre de délicieuses maisons recherchées par
ce qu'il y a de plus riche dans la capitale. Une des
plus agréables, des mieux ornées, des plus com-
modes enfin était occupée, depuis près d'une
année, par M. Arnold et sa femme, ou plutôt
par Edmond de Velly et Juanita de Valeria; ils

avaient quitté la France sous ce nom , et toutes
les précautions avaient été prises pour faire
perdre leur trace ; car plus Edmond s'était , malgré son amour pour Juanita, senti malheureux
de tout abandonner , tout chargé de remords
et presque de honte , plus il avait mis de soin ,
plus il avait répandu d'or pour qu'on ne pût
soupçonner ce qu'il était devenu.

Cependant, d'après ce que lui avait dit sa
mère de la découverte qu'elle avait faite relative-
ment à la rue de la Cerisaie, il était certain qu'elle
n'ignorerait pas qu'il n'était point parti seul ;
quel usage ferait-elle de cette découverte ?.....
Ce qui le tourmentait le plus, c'était la crainte
qu'elle ne connût enfin l'existence de Juanita.
Cette crainte, et les remords qui tourmentaient
sa vie, eussent suffi pour le rendre très malheureux , mais une circonstance d'une haute importance venait ajouter aux embarras de sa
situation. Son intention avait été de passer aux
Etats-Unis, mais les suites de son fatal et impru-

dent amour avaient arrêté l'exécution de ce projet.

Juanita allait être mère. Il serait difficile de peindre, avec vérité, les sentimens à la fois cruels et doux qui remplissaient son âme. Elle, si fière, si passionnée, si haute et si tombée, était tour à tour heureuse et désespérée, d'avoir de nouveaux droits sur son amant, et le rendait en même temps le plus enivré des hommes et le plus infortuné. Enfin, leur vie, qu'ils avaient entièrement sacrifiée à l'amour, n'était plus qu'un continuel orage : tantôt ils étaient au ciel, tantôt sur une terre triste et aride, où ils ne trouvaient que tourmens et déceptions. Durant quelques mois, ces agitations continuelles empêchèrent la satiété et l'ennui d'arriver jusqu'à Juanita ; mais il est un terme à tout, surtout à l'exagération des sentimens ; bientôt elle ne se sentit plus de force pour résister à des querelles continuelles ; et Edmond, peut-être, trouva encore plus vite moins de charmes dans

des scènes violentes, suivies de raccommodemens frénétiques ; et elles cessèrent bientôt, car
la passion ne les inspirait plus. Alors tombèrent
lentes, et se traînant avec effort, ces heures
qui leur avaient paru naguère si rapides ;
quand ils les arrachaient à la contrainte et au
parjure. Personne maintenant ne leur en dis-
putait l'emploi ; et, s'ils se quittaient quelquefois, c'était sans effort, car ils étaient certains
de se retrouver sans danger ; il n'y avait plus
de mystère, ils vivaient en ménage, enfin ; mais
il leur manquait, pour y trouver du charme, ces
liens des familles honorables et sûrs ; ces rapports
d'intérêts mutuels, ces souvenirs du passé, ces
espérances d'avenir que donnent seule une conduite droite et irréprochable. Ils ne pouvaient
s'entretenir que d'eux-mêmes ; aucun nom ne
pouvait se mêler à leur conversation, sans rappeler des souvenirs ou honteux ou pénibles.
Enfin l'ennui, ce mal cruel, auquel les femmes
préfèrent la douleur, l'ennui avait jeté son man-

teau de plomb sur l'esprit et sur le cœur de Juanita.

Durant la belle saison, elle avait été un peu distraite par le plaisir de visiter un pays nouveau; et elle revenait à Richemond avec quelque empressement; mais depuis que sa santé était devenue délicate, et que l'hiver, le triste hiver d'Angleterre, était arrivé avec ses épais brouillards et son monotone aspect, Juanita pensait plus souvent au beau ciel de sa patrie; à ce ciel si bleu, si pur et si doux; à cet enivrant parfum du midi, qui s'exhale et des bois et des fleurs; souvent elle fermait les yeux, et son imagination la reportait dans Séville, gaie et riante; Juanita revoyait ces toits couverts d'orangers et de fleurs, d'où semblent sortir, avec coquetterie, les flèches droites et gracieuses de ses couvens et de ses églises; puis les sérénades du soir et les promenades, qui se prolongent jusqu'au milieu des nuits; puis bruissaient, à ses oreilles, ces éloges flatteurs, ces aveux

mystérieux, que n'arrêtent même pas la face
des autels; puis le bruit des castagnettes qui ac-
compagnent ces danses espagnoles, tantôt lentes
et rêveuses, tantôt vives et passionnées, et toujours voluptueuses; puis cette langue riche,
harmonieuse, accentuée, avec laquelle on avait
bercé son enfance et charmé sa jeunesse.

Juanita avait le temps de rêver à tout cela,
car, depuis quelques jours surtout, Edmond la
quittait souvent pour aller faire de longues promenades solitaires dans les environs; elle sut
même qu'il était allé à Londres; elle voulut
essayer de se plaindre, mais il n'y avait plus ni
intérêt ni passion dans ses plaintes; elle était
arrivée à la situation la plus malheureuse pour
son caractère, à la presque indifférence.

Un soir, Edmond rentra plus tard que de
coutume; le temps était très mauvais, et la
neige tombait froide et serrée. Hélas! ils auraient dû se trouver heureux de ne pas ressentir la rigueur du temps, apprécier le bien-

être de leur position et le bonheur d'être ensemble. Mais le remords et l'ennui gâtent tout ; Juanita, à moitié endormie sur son fauteuil, se souleva à peine quand Edmond entra, et se jeta sur un siége, de l'autre côté de la cheminée, en gardant le silence. Cependant, au bout d'un instant, il sonna avec violence.

— Tom est-il de retour ?

— Non, monsieur, dit le domestique, qui s'était hâté d'accourir ; aussitôt qu'il sera arrivé, je le ferai entrer.

— Qu'attendez - vous avec tant d'impatience, Edmond ? prononça lentement Juanita. Tom doit-il donc nous ramener de Londres quelque sujet de distraction, quelque chose enfin qui nous enlève un instant à cette vie monotone et ennuyeuse ?

— Il fut un temps, dit Edmond d'un air sombre, où vous m'en fîtes, Juanita, de ravissans tableaux. Alors tout était bonheur, nos deux âmes et nos deux volontés n'en devaient

faire qu'une; il est vrai aussi que nous avions
le projet de lire, de faire de la musique.

—De la musique, quand personne ne nous
entend.

— Quand on l'aime, on n'a pas besoin d'au-
diteurs.

—Je ne conçois la musique que pour être
admirée, reprit avec dédain Juanita; seule elle
me fatigue, voilà tout.

—Vous étiez faite pour être l'ornement du
monde, Juanita, le bonheur d'un seul ne peut
vous suffire.

Il y avait dans ces mots, prononcés avec amertume, un retour sur le passé, qui aurait sans
doute amené un orage, si le pas pressé de Tom
n'eût attiré l'attention de son maître.

M. de Velly ouvrit lui-même la porte.

— As-tu une lettre? lui cria-t-il.

—Oui, monsieur, je n'ai pas perdu un instant.

Edmond prit la lettre, fit signe au groom de

se retirer, saisit une bougie, et se dirigea vers la porte qui menait à son appartement.

— De qui est cette lettre ? s'écria Juanita retrouvant quelque intérêt dans une circonstance inusitée; vous ne connaissez personne à Londres dont la réponse puisse vous causer autant d'émotion; d'où donc peut venir cette lettre?

— De France, répondit Edmond, en replaçant le flambeau; j'ai écrit, et l'on me répond.

— Vous m'aviez promis de ne conserver aucune relation, de ne point écrire, Edmond.

— Je ne vous ai pas promis d'ignorer toujours l'existence de mon fils; d'ignorer si ma mère n'a point succombé à sa douleur, si elle ne m'a point maudit. Et je tremble d'ouvrir cette lettre.

Juanita garda un moment le silence; puis elle dit avec amertume :

— Cette correspondance peut compromettre notre sûreté; vous l'avez oublié, Edmond?

— Rassurez-vous, cette lettre a fait un long
détour, il y a long-temps qu'elle est en route;
celui qui l'écrit ignore où je suis.

Il ouvrit la lettre; elle était longue; il aurait
donné beaucoup pour être seul, car il sentait
qu'il ne pourrait peut-être commander à son
désespoir, et que ce désespoir offenserait Juanita; il sentait aussi que ce ne serait pas elle
qui pourrait calmer sa douleur. S'il avait pu
en douter, les yeux profondément dédaigneux
de Juanita, fixés sur lui avec pitié, l'en auraient
convaincu; il éprouva alors contre elle une irritation qu'il n'avait point encore ressentie; et, ne
voulant pas s'y livrer, il quitta l'appartement.

Rentré chez lui, M. de Velly reprit la lettre :
elle était de Didier.

« Monsieur le comte,

« Mon bon, mon excellent maître, marquait-
« il, avec quelle impatience, et dans quel
« chagrin j'attendais de vos nouvelles; j'avais

« dit à ma mère de m'apporter votre lettre,
« fût-ce au milieu de la nuit ; mais vous pouvez
« être bien tranquille, elle n'a pas le moindre
« soupçon sur la personne qui m'écrit.

   « Vous me demandez bien des détails ; ils vous
« affligeront, j'en suis sûr ; cependant je vais
« tâcher, pour vous obéir, d'être clair et exact.
« Vous pensez que votre départ a fait une bien
« triste sensation à l'hôtel ; ma jeune maîtresse
« ne s'est permis aucune plainte, mais il était
« facile de deviner, à la rougeur de ses yeux,
« qu'elle pleurait continuellement ; madame
« votre mère fut absente une journée entière ;
« et, à son retour, elle était si décomposée, si
« changée, qu'on supposa bien qu'elle ferait une
« dangereuse maladie. C'est ce qui est arrivé ;
« elle a été bien mal, bien mal, la chère dame.
« La fièvre lui a donné le délire, et, dans ces mo-
« mens, elle disait des choses déchirantes ; elle
« vous suppliait de ne pas vous perdre, de ne
« pas vous déshonorer. Souvent ses accès du-

« raient des nuits entières ; pendant ce temps,
« ma jeune maîtresse voulait rester seule avec
« elle ; et durant de longues heures, elle tenait,
« dans les siennes, ses mains brûlantes, la sup-
« pliait de se calmer, la soutenait dans ses
« bras ; et c'était une chose merveilleuse à voir,
« que l'adresse et la force que madame dé-
« ployait. Pendant près d'un mois, elle ne s'est
« point couchée ; quand elle se sentait trop abat-
« tue, elle passait chez son fils, l'embrassait
« bien des fois, le faisait prier Dieu avec elle ;
« puis, avec une nouvelle force, retournait
« auprès de madame votre mère. Son exem-
« ple nous excitait tous, et c'était à qui mon-
« trerait des soins et du zèle. Enfin la fièvre a
« cédé, mais madame votre mère est restée si
« malade encore, qu'on assure qu'elle ne pour-
« rait résister à une forte émotion, ni à des cha-
« grins plus longs. Nous avons passé quelques
« mois à Auteuil, où madame a acheté une pe-
« tite maison, car il n'était pas possible de son-

« ger à conduire madame votre mère dans
« une de vos terres. L'air de la campagne a
« paru lui faire un peu de bien, mais sa tristesse
« devient chaque jour plus sombre; parfois
« aussi, il lui prend des accès de violence, et elle
« devient si difficile à vivre, qu'il faut toute la
« patience et la douceur de madame la com-
« tesse Josepha pour y résister. Mais jamais elle
« ne semble se lasser, et elle paraît toujours
« devant madame votre mère l'air calme et se-
« rein. Je dois vous dire aussi qu'elle s'est
« mise à la tête de la maison et des affaires.
« Elle compte avec tout le monde; et, au milieu
« de ses occupations, de ses fatigues, de ses
« chagrins, elle n'oublie pourtant ni un devoir
« ni un malheureux. Enfin, monsieur, ce n'est
« plus cette jeune personne si timide; la néces-
« sité a développé chez elle un nouveau carac-
« tère. Ah! j'oubliais : elle m'a ordonné de bien
« serrer vos uniformes; et vos chevaux de selle
« sont soignés comme des princes.

19

— « M. le comte est en Espagne, pour les af-
« faires de la succession de ma mère, m'a-t-elle
« dit, mais on lui garde son rang dans l'armée ;
« et le maréchal O*** a eu la bonté de lui faire
« avoir un congé, qui sera prolongé s'il est né-
« cessaire. »

« Pendant qu'elle parlait , je voyais bien que
« madame la comtesse dissimulait ses larmes ;
« mais, malgré cela, il me semblait entendre
« la voix d'un ange , prédisant votre prompt
« retour.

« Ah! monsieur , que vous feriez d'heureux ,
« si vous reveniez ! Vous verriez comme le pe-
« tit Raymond devient intelligent et aimable.
« Tous les matins, je le mène promener sur
« votre alezan ; il n'a pas peur, et voudrait tou-
« jours aller au galop ; bien souvent il vous de-
« mande ; hier encore madame lui disait :

— « Raymond, prie de tout ton cœur Dieu ,
« pour que papa arrive bientôt. »

« Et il n'y manque pas, je vous assure. Il

« monte sur les chaises et sur les tables, pour
« mieux voir votre portrait; je le suis sans
« cesse, tant j'ai peur qu'il ne lui arrive quel-
« que accident.

« M. Delon vient toujours à l'hôtel, il en-
« graisse beaucoup; souvent il cherche à me
« faire parler sur votre absence, je crois bien
« que c'est par amitié pour vous, monsieur,
« mais il me semble aussi qu'il y a un peu de
« curiosité dans son fait : il aime tant à jaser !

« Je voudrais finir ma lettre ici, pour ne pas
« affliger davantage M. le comte, mais je re-
« garde comme un devoir de lui dire toute la
« vérité; ma jeune maîtresse, très inquiète de
« voir que madame votre mère ne reprend
« point de forces, et que sa tête s'affaiblit
« chaque jour, a demandé au bon docteur S...,
« qui est toujours l'ami de la maison, de réu-
« nir plusieurs de ses confrères les plus habiles,
« pour faire une consultation. Hélas! ils ont dit
« ce que le docteur cachait, pour ne pas trop

« affliger madame : c'est qu'il est impossible
« que madame la comtesse vive six mois en-
« core, si le chagrin la dévore ainsi. — Faites
« revenir votre mari, a-t-il ajouté gravement ;
« dites-lui qu'il ne perde pas de temps s'il veut
« sauver sa mère.—Depuis ce moment, madame
« la comtesse Josepha est encore plus triste, car
« elle ne sait où vous avertir. O mon maître,
« mon cher maître, revenez, je vous en sup-
« plie à genoux, il en est encore temps, le mal-
« heur n'est pas sans remède ; plus tard, oh !
« plus tard, si vous ne retrouviez plus madame
« votre mère ! je vous connais bien, vous ne
« pourriez jamais vous consoler ! »

Suivaient les expressions de l'attachement et
du respect du bon serviteur.

XIX.

Après avoir achevé la lettre de Didier, Edmond tomba dans un accès de douleur comme il n'en avait pas encore éprouvé; toute l'horreur de sa position se présenta à lui, et s'y présenta dénuée de ce prestige dont, jusque-là, la passion l'avait entouré; — mais il n'avait plus de passion. — Soit que le long et malheureux amour qu'il avait éprouvé eût fatigué son âme, soit que cette âme ne fût pas assez fortement trempée pour conserver à jamais la même empreinte,

soit enfin que les sacrifices qu'il avait faits à
Juanita eussent trop péniblement déchiré son
âme, il ne sentait plus maintenant que le fardeau de la chaîne qu'il s'était imposée. Long-
temps il avait lutté contre cette fatigue, cette
inconstance de cœur qu'il se reprochait comme
un crime ; mais quand il faut se faire un devoir
de ses sentimens, quand il faut en appeler à la
raison pour les remplir, ah ! c'est alors qu'on se
fait un supplice de ses sacrifices. O bizarrerie
de l'homme ! Edmond était bien le même qui
avait rompu pour celle qui ne lui inspirait plus
que des sentimens pénibles, tous les liens les
plus doux, les plus sacrés de la nature et de
l'honneur, et c'est pourtant au nom de l'amour
qu'on fait tant de folies, qu'on prononce tant de
sermens pour convaincre les autres quand on est
si promptement désabusé soi-même ; qu'on jure
par tout ce qu'on sait de plus sacré ; qu'on invo-
que les ombres de ce qu'on aima ; qu'on fait
mille blasphêmes, mille folies, et tout cela pour

un sentiment dont, au bout de quelques mois, on cherche vainement la trace dans son cœur désabusé. Bien heureux encore si l'on n'y trouve pas du mépris pour l'objet qu'on a déifié.

Edmond passa la nuit dans un état voisin de la démence; car de tous côtés il voyait un crime dans le parti qu'il lui faudrait prendre.

Au jour, il se jeta à cheval et se mit à parcourir les environs, comme si au bout de sa course il devait trouver un conseil, un secours. Puis c'était retarder l'instant de voir Juanita, de subir un interrogatoire ou une scène nouvelle. Il fallut rentrer cependant; l'orage s'était amoncelé de toute l'atonie que Juanita éprouvait depuis quelque temps; ce qui s'était passé la veille l'avait mortellement blessée, elle s'était ranimée à l'idée d'un acte de volonté d'Edmond; d'une volonté qu'il n'avait pas soumise à la sienne.

Et elle éclata en violens reproches; long-temps il ne répondit pas, mais la digue une fois rom-

pue , ils se dirent des mots qu'on croit pardonner, mais qu'on n'oublie jamais. Cependant,
après cette orageuse explication , ils ressaisi-
rent encore l'existence qu'ils avaient menée
pendant quelques mois : des scènes horribles,
suivies de raccommodemens frénétiques.

Par momens, Edmond se croyait rentré sous
le charme, et Juanita pensait n'avoir jamais tant
aimé Edmond ; mais bientôt ils retombèrent dans
la tristesse et la langueur ; puis, dans ses rêves,
Edmond vit le pâle fantôme de sa mère ; elle
venait lui reprocher l'existence qu'il avait choisie ;
elle lui reprochait sa mort qu'il avait causée ;
alors il se réveillait en proie à une fièvre terrible. Cette vie était intolérable, mais comment
la rompre, et quand Edmond en aurait le pouvoir, y consentirait-il ? car il est de ces liens qui
rendent profondément malheureux , et que pourtant on ne pourrait, ni on ne voudrait briser.
Ces liens sont souvent formés par le désordre ,
et d'eux surgissent toujours de terribles agita-

tations et un bonheur rempli d'inquiétudes.

Mais quand une fois on a accepté une telle existence, il est rare que ce soit de sa propre volonté qu'on la brise; car, dans une position souvent inconvenante, il y a presque toujours de l'honneur ou de la piété à ne pas se montrer raisonnable.

Enfin, deux mois s'étaient passés depuis que M. de Velly avait reçu la lettre de Didier; l'hiver était dans toute sa rigueur; et il n'osait plus recommencer ses courses, Juanita ayant paru s'en offenser. Il passait ses journées près d'elle, mais elle était triste et souffrante; il essayait de la distraire, mais l'effort qu'il faisait lui coûtait d'autant plus, qu'une pensée terrible et immuable déchirait son cœur. Edmond allait s'expatrier, quand Juanita serait mère; il irait demander à une terre étrangère de nouveaux amis, de nouvelles habitudes. Ah! quand on se croit séparé pour jamais de ceux qu'on aima, et avec qui s'écoulèrent les belles et

fraîches années de notre jeunesse, c'est alors
qu'on se les rappelle parfaits et sans même l'apparence d'un tort. Tout était regret pour Edmond, et les caresses de son enfant et jusqu'à la
sévérité de sa mère ; et depuis surtout les scènes
continuelles qui se renouvelaient sans cesse entre
lui et Juanita, l'image de sa femme si douce, si
résignée, si pure, apparaissait à Edmond comme
une belle vision du ciel. Il se rappelait ce concert de bénédictions qui s'élevait sans cesse
autour d'elle. Il se rappelait ses yeux si tendres
que lui seul avait animés d'une pensée d'amour ;
il se rappelait cet organe timide et doux qui
ne s'était jamais élevé devant lui ; et son attachement si dévoué que, si long-temps, elle
avait condamné au silence.

Séparé de Zéphon Lefèvre, par des circonstances politiques, Edmond savait qu'il s'était
exilé, loin de sa patrie, pour avoir la liberté de
regretter un grand homme. Une fois, il avait
voulu proposer à Juanita d'aller le rejoindre ;

elle avait repoussé ce projet avec une hauteur et une expression de haine pour Zéphon, qui avait profondément blessé le cœur d'Edmond. Elle n'avait pu oublier qu'il ne l'estimait pas, qu'il connaissait sa honte, son déshonneur; et il était naturel qu'elle ne voulût pas s'en rapprocher; c'était encore un sacrifice qu'Edmond avait à lui faire, et qui le rendait très malheureux.

Un soir, ils étaient assis, sombres et rêveurs l'un et l'autre, on apporta un journal de France; Edmond s'en empara avec avidité, mais le papier tomba de ses mains, et de grosses larmes coulèrent sur ses joues.

— Qu'y a-t-il donc? s'écria Juanita; votre mère....

— Le ciel m'a encore épargné ce malheur, répondit Edmond, mais j'apprends la mort d'un des êtres que j'ai le plus aimés. Zéphon a succombé à la maladie dont il était atteint; il n'est plus, c'est un cœur de moins sur lequel je puis compter.

— Vous ne deviez plus le revoir, prononça Juanita, avec amertume, et j'avoue que je ne conçois pas une âme comme la vôtre ; vous aimez tant de monde, qu'il doit y avoir bien peu de tendresse pour chacun.

— Zéphon était mon meilleur ami, le plus brave des hommes, et....

— O mon Dieu, Edmond, grâces, je vous en prie, pour son apologie ; nous sommes déjà assez tristes, car quelle vie que la nôtre : aucune distraction, toujours en face de nous-mêmes.

— Rien ne vous amuse, ni lecture ni musique ; je sais que vous êtes souffrante, mais bientôt vous allez connaître des devoirs qui vous occuperont et qui vous seront chers.

— Je les maudirai, s'écria-t-elle avec violence, car n'est-ce pas la honte qu'ils attacheront à mon nom ; d'ailleurs je ne me sens pas faite pour cette vie d'intérieur et de ménage.

— Quand vous me pressâtes de quitter la

France, Juanita, vous ne vouliez vivre que pour moi, vous vous occupiez peu alors et du monde et de ses plaisirs.

Elle baissa la tête et ne répondit rien.

Edmond se leva et marcha vers la porte.

— Vous me quittez, s'écria-t-elle avec violence?

— J'ai besoin d'air, Juanita, j'ai besoin de me calmer. Et il sortit.

Elle n'avait peut-être qu'un mot à dire pour le ramener, car il l'aimait encore; il sentait que l'honneur et la pitié devaient le retenir près d'elle; mais se laissant aller à la hauteur de son caractère, ce mot, Juanita ne le dit point; et, après qu'il fut sorti, elle tomba dans une de ces tristes distractions où les yeux semblent fixés et ne se fixent sur rien.

A ce moment, Edmond passa au grand galop dans la cour, Juanita ouvrit la fenêtre pour le rappeler, mais le vent emporta le nom d'Edmond, qu'elle prononça plusieurs fois; elle le

vit fuir dans la campagne, puis elle retomba sur
son fauteuil, où elle pleura amèrement. Elle se
reprocha alors la violence et les torts de son caractère; elle se promit de ne plus y retomber; et,
tout entière à cette sage résolution, elle vit les
heures se passer sans céder à l'impatience qui
lui était ordinaire; mais il s'en écoula beaucoup,
et M. de Velly ne paraissait pas.

XX.

———

La soirée était déjà avancée, quand Juanita, dont l'absence prolongée d'Edmond avait enfin réveillé la colère, entendit le galop d'un cheval; elle pensa que c'était le sien; mais décidée à ne point le voir, dans la crainte de céder à son irritation, elle se leva pour s'enfermer chez elle, quand le son d'une voix la fit tressaillir d'un effroi tellement puissant, qu'elle se serait évanouie, sans la tension horrible de ses nerfs; car cette voix qui l'avait comme paralysée de

terreur, cette voix formidable, c'était celle de
don Luiz d'Alvaro.

— Dites à votre maîtresse, prononçait-il en
comprimant sa hauteur, qu'il faut que je lui
parle, à elle-même ; j'ai une lettre à lui remettre de la part de M. Arnold, de son mari.

— Il l'a tué, se dit Juanita en tordant ses
mains de désespoir; il l'a tué et il vient, tout
couvert de son sang, m'arracher d'ici pour me
reconduire à ma prison, pour m'imposer d'horribles supplices, ou plutôt il me tuera aussi pensa-
t-elle en abaissant ses yeux égarés sur sa taille
qui décelait sa situation. Et, après avoir tiré le
verrou qui fermait sa porte, elle se jeta à genoux.

— Vous ne verrez point madame qu'on ne
l'ait avertie, et encore ce sera mademoiselle
Fanny qui entrera chez elle, répondit un domestique avec fermeté.

Juanita regarda autour d'elle; une lueur
d'espoir brilla à ses yeux. Son appartement était

au rez-de-chaussée, et donnait sur la cour; elle n'avait qu'une fenêtre à franchir, son parti fut pris à l'instant même; s'enveloppant d'un long manteau brun, couvrant son front mortellement pâle d'un voile noir et n'oubliant pas heureusement une bourse pleine d'or, la malheureuse jeune femme, au dernier mois d'une grossesse douloureuse, s'élança de la fenêtre, traversa rapidement la cour, et se trouva dans la campagne.

Certes, si Juanita de Valeria, sortant de la maison de sa mère, se fût sentie seule à une telle heure, dans un pays étranger, elle eût éprouvé une extrême frayeur; mais elle avait traversé une partie de l'Espagne et de la France en fugitive, elle était déjà un peu faite à cette vie aventureuse à laquelle elle allait s'exposer; et, sans la crainte que don Luiz ne l'atteignît, elle se serait trouvée sans beaucoup de frayeur sur la grande route, d'autant plus qu'à chaque instant passaient des *stages-coaches*.

20

Le cocher d'une de ces voitures, apercevant, à la clarté des lanternes, une femme qui paraissait attendre sur la route, arrêta ses chevaux et ouvrit la portière; et une minute après, Juanita roulait rapidement vers Londres. Un peu rassurée sur la crainte d'être atteinte par son persécuteur, elle put se remettre assez pour réfléchir; elle pensa alors que cette lettre, que don Luiz ne voulait remettre, avait-il dit, qu'à elle-même, était une ruse pour parvenir jusqu'à elle; qu'il avait sans doute aperçu, dans les environs, M. de Velly, et qu'alors il s'était présenté avec assurance; mais qu'il était impossible qu'Edmond ne rentrât pas chez lui, et que certainement aurait lieu une rencontre qui pouvait être si funeste. Mais quelle inquiétude terrible n'éprouverait pas Edmond en ne la trouvant plus à Richemond !

L'agitation et la crainte réveillèrent l'amour de Juanita pour M. de Velly; vingt fois elle fut prête à retourner sur ses pas, mais déjà elle tou-

chait aux portes de Londres; et, avant qu'elle
pût prendre un parti, le *stage-coache* s'arrêta
dans la cour de l'hôtel où il descendait ordinai-
rement; seule, au milieu de tout ce monde qui
avait un but, Juanita se trouva plus embar-
rassée, plus abandonnée qu'elle ne s'était sentie
sur la grande route, quand un enfant, qui
offrait ses services aux voyageurs, lui demanda
si elle voulait une voiture de place.

— Pourrais-je avoir un appartement? prononça-t-elle dans un très bon anglais, car
elle connaissait cette langue comme la sienne.

L'enfant la conduisit dans l'hôtel, et resta
pour attendre quelque gratification.

— La monnaie d'une demi-guinée, l'avez-
vous? dit Juanita.

— Je n'ai pas de monnaie, répondit l'enfant
dont les yeux brillaient de joie, mais j'ai une
belle pièce d'or, qu'un jeune Français m'a donnée pour aller lui chercher une voiture de poste,
et aussi pour porter une lettre à Richemond.

— Porter une lettre à Richemond! répéta avec terreur Juanita; où est cette lettre?

—Je l'ai donnée au voiturier qui est parti il y
a deux heures; et, moyennant deux schellings,
il m'a juré d'exécuter fidèlement la commission;
moi, je suis resté ici pour attendre, selon mon
habitude, l'arrivée des voyageurs et faire leurs
commissions.

— Et vous ne savez pas à qui était adressée
cette lettre?

— J'ai oublié le nom, mais je me rappelle
qu'elle était pour une dame, qui habite un petit
cottage à l'angle de la route de Londres; il y a
beaucoup d'arbres devant la porte, et deux lions
en bronze au-dessus de la grille; j'ai bien expli-
qué tout cela au cocher, d'après ce que m'avait
dit le Français.

— Cette lettre était pour moi! s'écria Juanita. Petit malheureux, tu me rends bien misérable de ne pas avoir rempli ta commission. Mais au moins ne pourrais-tu te rappeler

comment était ce Français, et où il est allé?

— Je me souviens parfaitement qu'il a dit qu'il partait pour Douvres; je sais qu'il est jeune, que sa figure était très pâle; il me semble que ses yeux sont noirs et ses cheveux presque blonds. Quant à son habit, il y avait des boutons d'or, et, par-dessus, il portait un manteau avec un collet en fourrure.

— C'est Edmond, murmura Juanita entre ses lèvres tremblantes; c'est lui, il m'abandonne sur une terre étrangère; il m'abandonne sans doute pour jamais. Peut-être même est-ce lui qui m'a envoyé don Luiz, qui m'a envoyé mon bourreau.

Mais, quelle que fût l'indignation de Juanita, cette pensée était trop amère, trop injuste, pour qu'elle ne la chassât pas.

— Ecoute, dit-elle en retenant ses larmes et en essayant de commander à son agitation; écoute, il faut que tu répares le mal que tu m'as fait, en me procurant de suite une voi-

ture de poste et des chevaux; je veux partir à
l'instant même.

— Il est près de minuit, répondit l'enfant,
les *watchman* m'arrêteraient peut-être; d'ailleurs il faut que je rentre près de ma mère malade, elle m'attend. Puis je craindrais qu'on
ne veuille pas me donner de voiture ni de chevaux à cette heure. Mais au jour j'irai trouver
mon oncle, qui a des relais, et vous serez bien
servie.

— Me le promets-tu? dit Juanita, songe
qu'il y va de ma vie.

— Je vous le jure, reprit l'enfant, je serai ici
au point du jour avec une voiture. Mais il faut
souper, madame, et puis vous coucher.

Juanita demanda un verre d'eau, qu'elle but
avec avidité : une fièvre violente la dévorait.

— Vous ne voulez pas souper, reprit l'enfant. C'est comme ce jeune Français; pendant
que j'étais allé lui chercher une voiture, on lui
a servi à dîner, mais, à mon retour, j'ai bien

vu qu'il n'y avait pas touché, non plus que la personne qui était avec lui.

— Quelle personne? s'écria Juanita. Et le souvenir de sa sœur offensée se présenta à elle ; elle crut que Josepha serait accourue sur une terre étrangère réclamer ses droits, et qu'Edmond l'avait suivie. Cette pensée était horrible : être abandonnée pour une autre !.....

— Oui, reprit l'enfant, charmé de pouvoir causer, cet homme qui accompagnait ce Français, et je suis bien sûr que c'était un domestique, puisqu'il a plusieurs fois répété : *Mon maître, mon cher maître,* comme je vous le disais, il n'a rien mangé non plus. Et, pendant que son maître écrivait, il le suppliait d'avoir du courage. Mais celui-ci paraissait bien triste, et même il pleurait.

— Il pleurait ! répéta Juanita en laissant elle-même couler ses larmes, il pleurait ! il m'aime donc encore ! ce n'est point froidement et sans pitié qu'il m'abandonne ! Et cette espérance lui rendit un peu de forces.

Juanita s'informa auprès des gens de la maison des moyens les plus certains qui pouvaient la conduire plus sûrement en France. Mais ce fut vainement qu'elle essaya de trouver quelque repos; son désespoir au souvenir d'Edmond, sa terreur à celui de don Luiz, étaient trop puissans, trop horribles. Aussi, au point du jour, quand l'enfant, fidèle à sa parole, vint avec une voiture de poste, Juanita était prête à y monter.

— Prie pour moi, dit-elle après l'avoir généreusement récompensé, prie pour moi, car je suis bien malheureuse.

— Votre mère vous consolera, dit l'enfant qui n'avait encore qu'une tendresse au cœur; quand j'ai quelque peine, quelque mal, c'est ma mère qui me guérit. Mais moi aussi je prierai pour vous, car vous nous avez fait beaucoup de bien, vous et ce jeune Français : il

manquait tant de choses à ma mère ! Je vais
lui acheter tout cela. Et les yeux de l'enfant
pétillaient de joie.

La voiture partit, et les larmes de Juanita
coulèrent. Dans ce moment, ce n'était point
l'amour, ce n'étaient point les passions violentes
et exagérées qui les lui faisaient répandre ; c'é-
tait le souvenir de sa mère, de sa mère si bonne,
si indulgente ; de sa mère qui l'avait tant aimée.
Elle se rappelait son heureuse et charmante existence de jeune fille, les soins dont elle avait été
comblée, le concert de louanges qui la suivait
partout, l'existence honorable à laquelle elle
avait été destinée, son nom, sa naissance dont
elle était si fière, la splendeur avec laquelle elle
avait été élevée ; elle se rappelait même avec
une sorte d'attendrissement le jour où elle
avait été fiancée à don Luiz d'Alvaro, sa famille si noble, si respectable, était présente, des
grands d'Espagne étaient là, et la cérémonie
avait été imposante. Il lui semblait encore sentir

sur son front le chaste baiser de son fiancé et la
bénédiction de sa mère. — Qu'était-elle devenue
depuis ce temps? une fugitive déshonorée,
une femme qui ne pouvait découvrir son nom
qu'en découvrant sa honte, une femme qui
portait dans ses entrailles un enfant qui jamais peut-être ne connaîtrait son père. Enfant
déshérité, né au milieu d'agitations, de crimes
et d'orages, qui reprocherait un jour sa naissance à ses parens, qui les maudirait peut-être.

Les souffrances morales de Juanita prenaient
une extension plus grande encore par les douleurs physiques qui l'accablaient. Le froid était
noir et piquant, la nature triste, la pluie tombait lente et continuelle. La voiture de Juanita
roulait avec rapidité; mais il fallait s'arrêter
à chaque relais pour payer; elle ne pouvait
prendre un instant de repos, donnait ce qu'on
lui demandait, ne répétant que cette même
phrase : Ne perdez pas une minute.

Enfin elle arriva à Douvres, le paquebot partait dans deux heures ; elle s'informa bien d'Edmond à la poste où elle descendit, mais personne ne l'avait vu, ou du moins ne s'en rappelait. Alors elle tomba dans l'horrible inquiétude de quitter l'Angleterre et de l'y laisser. Cette supposition n'était pas probable ; mais quand on est malheureux, l'événement que nous redoutons le plus est toujours celui que nous croyons devoir arriver. Juanita, abattue par la souffrance, domptée par une impitoyable destinée, ne savait à quoi se résoudre, et serait peut-être retournée à Richemond sans la crainte de rencontrer don Luiz. Car si cela arrivait, quelle défense aurait-elle contre lui ?...

Alors l'infortunée implorait Dieu ; hélas, ingrats que nous sommes, c'est toujours à lui que nous revenons à l'instant du danger ; car nous savons bien que, quels que soient nos torts et nos fautes, c'est toujours près de Dieu que nous trouverons appui et miséricorde.

Juanita était à genoux, et priait encore, quand la voix de don Luiz vint de nouveau frapper son oreille; cependant, comme à Richemond, rien n'en retenait la dureté et la violence, et il prononça très haut :

— Préparez-moi un appartement, je passerai la nuit ici.

Dans ce moment, on vint avertir Juanita que le paquebot allait partir; elle ne pensa plus qu'à fuir don Luiz, se décida à l'instant même; et, s'enveloppant soigneusement dans son manteau, elle courut aussi rapidement que ses forces le lui permirent à bord du bâtiment, et fut se cacher dans le coin le plus reculé du salon des voyageurs.

Au bout de cinq heures, elle était à Calais, et vingt heures après à Paris. De retour dans cette immense ville qu'elle avait quittée avec Edmond, enivrés l'un et l'autre par un coupable bonheur, dans cette ville, où elle revenait

sans protecteur, sans ami, elle éprouva une
angoisse si terrible, qu'elle fut persuadée que
c'était là qu'elle devait trouver la punition de
toutes ses fautes.

XXI.

———

M. de Velly, dans la promenade qu'il avait
faite pour éviter de se trouver près de Juanita,
avait rencontré Didier qui se rendait à Riche—
mond. La surprise, l'effroi qu'il éprouva furent
d'abord tels que le pauvre garçon s'empressa de
raconter comment il était parvenu jusqu'à lui. Il
lui apprit qu'il s'était d'abord rendu à Bordeaux,
chez la personne où M. de Velly lui avait or-

donné d'adresser ses lettres ; qu'il avait appris
de cette personne où elle les faisait tenir en Angleterre. Mais tout cela n'aurait pas suffi pour
arriver jusqu'à Edmond, puisqu'il recevait ses
lettres sous un nom supposé, si Didier qui ne
manquait pas de finesse n'eût remis lui-même
une lettre pour M. de Velly, en disant qu'elle
était d'une extrême importance , et qu'il viendrait le soir même chercher la réponse. Puis il
s'était tenu à la porte du banquier de son maître, jusqu'au moment où il reconnut sa lettre
dans la main d'un domestique ; il le suivit jusqu'à la voiture de Richemond , et ce fut ainsi
qu'il découvrit le nom supposé et la demeure
de M. de Velly.

Après avoir écouté ce récit avec une impatience qu'il craignait de voir remplacée bientôt
par le désespoir, Edmond demanda en tremblant à Didier ce qui l'amenait en Angleterre.

— La douleur de ma jeune maîtresse, monsieur, douleur qui toucherait l'âme la plus dure.

Elle se désole pour vous, pour ce que vous éprouverez bientôt. Madame votre mère se meurt. — Ce mot retentit comme un glas funèbre dans l'âme d'Edmond. — Didier ajouta : Ma jeune maîtresse m'a dit en pleurant : « Je ne sais pourquoi je me persuade que vous savez où est votre maître, Didier; je ne vous demande ni de trahir son secret, ni d'enfreindre ses ordres; mais, au nom de votre propre mère, épargnez à mon mari la douleur de causer la mort de la sienne. Je lui écris; si vous pouviez lui faire parvenir ma lettre, je suis sûr qu'il n'hésiterait pas, car il me semble qu'elle renferme une prière irrésistible. » Je n'ai pas balancé, monsieur, et je suis parti.

Edmond prit la lettre; et, s'éloignant de quelques pas, il lut :

« Pardon, Edmond, pardon, voici la pre-
« mière fois que vous recevez une lettre de moi,
« et c'est pour vous déchirer le cœur. Mais ce
« devoir si cruel, il faut que je le remplisse. Car

21

« Dieu, en nous unissant, m'a imposé la tâche
« de vous rappeler à vous-même. Edmond,
« votre mère va mourir, et mourir désespérée
« si vous ne revenez pas. Je ne veux point con-
« naître les lieux que vous habitez, ni pourquoi
« vous avez quitté votre famille et votre position
« dans le monde. Pour tout ce qui me con-
« cerne, vous êtes votre maître; mais l'êtes-
« vous de désespérer votre mère, d'imposer à
« sa vieillesse une douleur au-dessus de son
« courage? Dans ses longues nuits sans som-
« meil, savez-vous qu'elle vous demande d'une
« voix suppliante, mais que souvent aussi l'in-
« dignation donne de la force à ses paroles
« remplies de reproches; qu'elle appelle sur
« vous la miséricorde du ciel, comme si vous
« étiez un réprouvé, et que même sa voix s'é-
« lève jusqu'à la malédiction. Heureusement
« toujours la vue de notre enfant la calme, et
« sa main, prête à se lever pour maudire,
« retombe sur le front de notre petit Raymond

« avec une douce bénédiction. Ecoutez-moi,
« Edmond, je ne suis plus une enfant : ne com-
« prenant ni le monde, ni les peines qu'on doit
« y subir ; le chagrin a éclairé ma raison, dé-
« veloppé mon expérience. Je le crains, vous
« m'avez fui parce que vous ne pouviez m'ai-
« mer, parce que, ma main tremble en traçant
« ces lignes, parce que, peut-être, vous en ai-
« mez une autre. Je ne vous demande aucun
« sacrifice. Revenez quelque temps auprès de
« votre mère ; si Dieu permet qu'elle recouvre
« la santé, nous trouverons sans doute à nous
« deux un prétexte plausible pour que vous vous
« éloigniez de nouveau ; si votre mère succombe,
« du moins elle vous aura béni. Alors vous serez
« libre, aussi libre du moins que ma volonté et
« ma religion me permettront de vous le rendre.
« Je vous en conjure, Edmond, ne rejetez pas
« ma prière ; c'est à genoux, près du lit de votre
« mère que je la trace. Croyez-moi, pour avoir
« la force de vous affliger, il faut que je regarde

« sa figure mourante, que j'entende votre nom
« s'échapper de ses lèvres avec désespoir. Ah !
« revenez, Edmond, revenez, car je l'ai promis.
« Oui, hier votre mère était si mal, ses larmes
« coulaient avec tant d'abondance et d'amer-
« tume, que je l'assurai que vous alliez ar-
« river. Dieu et vous me pardonnerez ce men-
« songe, Edmond ; mais votre mère était mou-
« rante. »

— Partons, Didier, s'écria M. de Velly sans
hésiter davantage ; et ils prirent à l'instant
même la route de Londres.

Pourtant, quand Edmond saisit la plume
pour annoncer cette résolution à Juanita, il recula devant le mal qu'il allait lui faire ; il s'effraya de la violence du ressentiment qu'elle allait
éprouver, et il voulait même retourner à Richemond, pour obtenir son consentement à une
séparation de quelques jours ; il voulait lui apprendre que sa mère était mourante ; il comptait même, s'il était nécessaire, lui montrer la

lettre de Josepha; mais l'emportement du caractère de Juanita, cet emportement qui l'entraînait toujours au-delà des bornes, la crainte d'une scène qui, sans ébranler sa résolution, le livrerait à un combat pénible, les supplications de Didier qui le conjurait de se souvenir que la mort était inexorable et n'attendait personne, l'emportèrent enfin.

Edmond écrivit.

Il écrivit à Juanita pour la supplier de l'attendre avec confiance; il lui répéta de mille manières qu'il reviendrait, au plus tard, pour l'époque de ses couches. Il pensa qu'il était impossible que ses promesses ne la rassurassent pas; et, quoique très malheureux, il partit.

— Le voici! voici M. le comte! s'écria Didier à la fin du second jour de leur départ de Londres, en entrant comme un fou dans la cour de l'hôtel de Velly. Et madame sa mère? et notre jeune maîtresse? et le petit Raymond?...

Didier faisait toutes ces questions, en essayant

de descendre avec promptitude d'un cheval de
poste tout couvert de sueur, et près de tomber
de fatigue. Vainement Edmond avait-il voulu
faire monter Didier à côté de lui ; le brave garçon
était trop heureux de précéder, son maître pour
ne pas vouloir être le premier à annoncer son retour, et hâter la rapidité de son voyage. Et tout
brisé qu'il fût, il monta cependant lestement
l'escalier pour aller au-devant de la jeune comtesse, en lui criant : Voici monsieur! voici monsieur !

— Bon, honnéte Didier, dit Josepha en lui
plaçant son fils dans les bras, embrassez – le
bien cet enfant à qui vous venez de ramener
un père.

Et comprenant au milieu de la joie de Didier,
son inquiétude la plus vive, elle se hâta d'ajouter : sa mère vit, elle va même beaucoup mieux,
mais sa tête est bien faible, et...

Le bruit de la voiture du comte, qui entrait
dans la cour, interrompit Josepha ; elle avait

rougi à l'arrivée de Didier ; elle devint très pâle en voyant Edmond s'approcher. Peut-être sa dignité de femme lui conseilla-t-elle un instant de ne l'accueillir qu'avec froideur, mais la tendresse est bien faible quand l'amour-propre l'emporte sur elle, aussi Josepha ne songea point aux torts d'Edmond ; lui-même les oublia : il oublia qu'une autre femme que la sienne avait reçu ses sermens ; il ne vit que sa jeune compagne, tremblante de joie, lui présentant son fils ; il ne vit que ses gens qui se pressaient, qui l'entouraient, qui semblaient heureux de le revoir, et, serrant Josepha sur son cœur, il sentit combien ils sont doux et puissans sur l'âme ces liens de famille que la passion fait briser avec tant d'imprudence, mais dont la force réside dans l'ordre et le devoir.

— Ma mère ! Josepha, dis-moi comment va ma mère !

— Bien, Edmond, très bien ! répondit-elle, heureuse de ce langage ; c'est l'annonce de ton retour qui l'a presque guérie. Oh ! viens , viens, Edmond !

Ils montèrent, s'appuyant l'un sur l'autre; Edmond admirait son fils si grandi ; Josepha remarquait à la dérobée la figure fatiguée et le changement qui s'était opéré dans Edmond.

Il n'était donc pas heureux loin de moi ! pensa-t-elle avec un égoïsme pardonnable à un cœur qui aime. Peut-être me regrettait-il !

Josepha entra la première chez la mère d'Edmond pour la prévenir doucement, mais sa voix était si émue, son visage si animé de joie, qu'elle n'eut que quelques mots à dire.

— Qu'il vienne ! s'écria la comtesse ; qu'il vienne ! il a bien manqué de ne plus me retrouver.

Edmond fut bientôt aux pieds de sa mère. Alors ce furent de douces larmes et de douces étreintes; mais il baissa la tête avec abattement après avoir remarqué les yeux éteints, la figure à demi mourante de sa mère.

Qu'était devenue sa taille si droite et si majestueuse, ce front rempli de noblesse et qui
ne s'était jamais abaissé pour l'humiliation,
cette bouche un peu dédaigneuse, mais belle
encore? — Tout cela avait disparu. — Les
mains presque diaphanes de madame de Velly
retombaient sans force sur ses genoux; assise
dans un grand fauteuil, elle ne s'y soutenait
qu'à l'aide de plusieurs oreillers; à peine pou-
vait-on entendre sa voix, elle qui naguère s'ex-
primait avec tant de force et de véhemence; son
esprit même n'avait plus, non seulement son
énergie, mais sa lucidité; et son caractère
abattu avait perdu avec sa hauteur et sa
fierté jusqu'à la force d'exprimer une volonté;
sa reconnaissance et ses désirs ne se mon-
traient plus que par ses regards et de douces
plaintes.

— Voici mon sauveur! dit-elle tendrement
en prenant la main de Josepha dans les siennes;
c'est elle qui m'a veillée et qui me veille encore;

c'est elle qui, pendant deux mois, car voilà bien
deux mois que vous êtes absent, mon fils...

Edmond et Josepha baissèrent les yeux.

— Elle ne m'a point quittée, reprit la comtesse ; elle me consolait, me promettait votre retour. Mais, murmura-t-elle en passant sa main
sur son front flétri, mais ne l'avez-vous pas
mortellement offensée, Edmond ? n'est-ce pas
avec une autre que...

— Ma mère ! interrompit doucement Josepha en se mettant à genoux près de son fauteuil, et en y attirant Edmond, personne n'est
offensé, tout est bien, votre fils ne nous quit-
tera plus. Et son regard timide et suppliant la
rendait charmante.

Edmond confirma, par un baiser sur la main
pâle et flétrie de sa mère, la promesse que venait de faire Josepha, et ses yeux retombèrent
avec charme sur les traits doux et purs de sa
femme.

Quoique les nuits qu'elle avait passées, son

séjour continuel dans une chambre de malade,
et surtout les chagrins que lui avait causés Edmond l'eussent pâlie, son teint n'en était pas
moins si beau, si transparent, qu'elle semblait
une rose blanche légèrement colorée. Son regard avait tant de bonté et de douceur, qu'il
commandait la confiance, et qu'on était toujours disposé à lui demander un service ou à lui
confier une peine. Mais ce n'était point la beauté
si remarquable de Josepha qu'il regardait avec
étonnement, c'était le changement qu'une seule
année avait apporté dans ses manières; sa taille
s'était formée, sa démarche n'avait plus rien
d'embarrassé. Obligée de s'occuper d'affaires
importantes et sérieuses, elle avait acquis un
aplomb qui donne une grâce charmante à une
jeune femme, quand elle n'y joint ni pédante-
rie, ni hauteur. Il fallait surveiller madame de
Velly comme une enfant, la distraire et la soi-
gner comme un être presque fini; Josepha remplissait ce devoir avec une douceur et un en-

jouement qui en adoucissaient l'amertume.

Le jour même de l'arrivée d'Edmond, il vint quelques amis chez sa mère; il fut étonné de la manière adroite et pourtant exempte de détours, avec laquelle Josepha répondait quand on l'interrogeait sur l'absence et le retour de son mari; il s'aperçut qu'elle ne s'était jamais plainte de lui, et son estime pour elle s'en augmenta.

Fatigué, il se retira de bonne heure chez lui, son fils le suivit; l'enfant lui montra tout ce qu'on avait fait de nouveau dans son appartement; il était devenu plus joli, plus commode; les tableaux en étaient mieux choisis, plus précieux, et il était surtout embelli du portrait de son fils.

— C'est maman qui l'a fait, dit Raymond; elle dessine beaucoup, mais elle ne chante plus.

— Elle ne chante plus! répéta Edmond demeuré seul; c'est moi qui ai fait évanouir sa gaieté, qui lui ai ravi tous les plaisirs de son âge.

Et sa tête abattue retomba à la même place, où, quelques mois auparavant, il l'avait appuyée, bouleversée et malade, cette nuit où il quittait sa maison, sa famille.

Dans quelques jours, pensa-t-il, il faudra que je m'en sépare encore. Un autre devoir me réclame; je m'expatrierai, je l'ai juré. Et un long et profond soupir sortit de sa poitrine. Mais il n'y avait plus de passion dans le souvenir de Juanita; cette passion s'était détruite par sa propre violence, et par les fautes dont elle avait été cause. Ce n'était plus maintenant qu'un sacrifice qu'il devait accomplir, et à qui il devait immoler son bonheur et celui de sa famille entière.

L'image de Juanita n'était plus qu'une douleur pour lui. Il se la rappelait avec angoisse, souffrante et malheureuse; mais cette image n'était plus environnée de ce prisme enivrant et passionné qui fait tout oublier. Edmond sentait enfin que si Juanita avait pu être heureuse sans

lui, s'il avait pu détruire les coupables suites de
leur faute, il retrouverait la sécurité et le bonheur qu'il savait ne pouvoir plus ressaisîr avec
elle.

XXII.

———

Où faut-il arrêter, madame? avait demandé
en entrant dans Paris le postillon qui conduisait la voiture de Juanita.

Cette question si simple fit encore plus sentir
à l'infortunée et son abandon et son malheur.

Elle hésita un instant, mais le souvenir de la
bonne madame Desprez, qui l'avait recueillie,
quand seule et fugitive elle arrivait à Paris la
première fois, ce souvenir la rassura un peu,

et elle ordonna qu'on la conduisît rue de la Cerisaie.

Edmond avait été grand et généreux envers la bonne femme qui avait été utile à celle qu'il aimait ; et, au milieu de son infortune, ce fut une consolante pensée pour Juanita, que celle de se retrouver près d'un être qui connaissait sa position. Il fallait pourtant que cette position fût bien triste pour qu'elle en oubliât l'humiliation ; elle si fière, si haute, revenait sans celui qu'elle avait suivi, sans celui qui avait tant de fois juré de lui consacrer sa vie. Elle revenait seule, sans rien de ce qui inspire la considération au vulgaire ; prête à devenir mère, et n'ayant personne à côté d'elle pour adoucir ce moment ; elle revenait enfin comme une créature qu'on avait repoussée, et qui n'avait de droits sur personne au monde.

Eh bien ! tout horrible que fût cette position, elle le devint bientôt davantage ; madame Desprez ne demeurait plus rue de la Cerisaie.

— La pauvre femme, répondit la portière aux questions réitérées de Juanita, elle a payé bien cher l'argent que lui avait rapporté le vilain métier qu'elle a fait. Je ne l'ai pas connue, moi, elle avait quitté la maison quand j'y suis entrée ; mais les voisins m'ont raconté qu'elle cachait une étrangère qui vivait avec un homme marié qu'elle ruinait. Il paraît que la mère du jeune homme est venue ici, et a traité la Desprez comme elle le méritait. La Desprez a été à la suite de cette scène fort malade ; et, quelque temps après, elle a quitté la maison.

— Vous ne savez pas où elle est allée ? balbutia Juanita, qui se soutenait à peine.

— Je crois qu'elle n'est plus à Paris, reprit la portière....

Le postillon vint rappeler qu'il ne pouvait attendre plus long-temps ; Juanita remonta dans la voiture, et parut si pâle et si défaite, que cet homme qui était jeune, et chez qui la pitié était encore puissante, se hâta de lui dire que, puis-

qu'elle n'avait point trouvé la personne chez qui
elle comptait descendre, il la mènerait près de
quelqu'un qu'il connaissait, où elle serait en
sûreté et à l'abri de tout danger.

—Allons, dit-elle avec abattement, je vous
récompenserai si vous ne me trompez pas.

Un instant après, elle était établie dans un
appartement simple et modeste, où elle eût pu
touver du repos, si le repos eût été compatible
avec sa position; mais son intention était de
savoir le soir même si Edmond était à Paris.
Elle pensa bien à lui écrire; hélas! le temps où
elle pouvait s'adresser à lui avec confiance était
passé, le temps où elle avait la certitude qu'un
mot d'elle allait l'enivrer de bonheur, ce temps
n'existait plus; ce n'était plus avec cette assurance que donne l'amour qu'on inspire, que
Juanita pensait à Edmond; car elle savait bien
que, quoi qu'on eût pu lui dire, s'il l'avait aimée
comme autrefois, rien n'aurait pu le détermi-
ner à la quitter. L'amour, qui vit d'illusions a

cependant, plus que tout autre sentiment, la prescience de son sort ; quoique le langage dont il se sert soit toujours persuasif et passionné, il conserve l'instinct de sa destinée, et cette destinée est d'être peu durable ; enfin, s'il fait vivre vite et avec des émotions puissantes, c'est qu'il est toujours accompagné de craintes, de soupçons, et Juanita, plus que personne, en connaissait toutes les angoisses. Aussi laissat-elle tomber plusieurs fois la plume sans trouver les expressions dont elle voulait se servir auprès d'Edmond. Les reproches se pressaient, mais sa fierté les retenait ; les mots qui touchent et qui rappellent lui semblaient encore plus indignes d'elle. Elle n'écrivit point.

J'irai, ▪-elle en voyant la nuit couvrir la terre, j'irai près de chez lui, peut-être le rencontrerai-je, peut-être quelque hasard me servira-t-il.

Hélas ! elle aurait bien dû se méfier du hasard, lui qui l'avait déjà perdue.

Elle se décida à sortir, mais on lui demanda le prix d'un mois de son appartement; et après avoir payé, la bourse qu'elle avait emportée de Richemond se trouva vide.

Mon Dieu! dit l'infortunée en regardant autour d'elle, mon Dieu! que vais-je devenir? Rien, je n'ai rien pour faire de l'argent, faudra-t-il donc que je rappelle Edmond parce que je suis misérable. Oh! non, j'aimerais mieux mourir. Et pourtant elle sentait s'agiter dans son sein un être pour qui elle devait se conserver.

O ma mère, continua-t-elle avec une horrible angoisse, ô ma mère, est-ce donc ainsi qu'Edmond m'a trompée? Est-ce donc que vous m'avez maudite que je suis si malheureuse?

Elle pria, un peu de calme rentra dans son âme, mais cette fois accompagné d'une sombre résignation.

J'ai perdu ma vie, se dit alors Juanita; morte aux yeux de ma famille, ce ne serait que pour

la couvrir de honte et de désespoir que je lui
apprendrais mon existence. La passion d'Edmond est éteinte, peut-être la ranimerai-je par
la pitié et par la prière; mais que ferai-je de la
pitié de celui qui m'a tant aimée; sans doute, au
nom de l'honneur et de ses sermens, j'obtien-
drais qu'il ne m'abandonne point; mais qui
pourrait faire que notre amour, quand il se ral-
lumerait encore, ne fût point un crime!

Et, pour la première fois, l'image de sa sœur
se présenta à Juanita, non comme une rivale,
mais comme un être doux et bon à qui elle
avait enlevé le bonheur, et qu'elle avait mortellement offensé; elle se rappela les douces occupations de leur jeunesse, et les soins de mère
qu'elle avait prodigués à l'enfance de Josepha;
elle se rappela sans envie sa beauté si pure et si
angélique.

On venait de poser des lumières sur sa cheminée; elle s'en approcha machinalement; sa
figure pâle et défaite la frappa d'une manière

terrible. Qu'étaient devenus ces yeux si expressifs
et si vifs, sa bouche souriante et gracieusement
dédaigneuse, enfin cette expression animée qui
la rendait si charmante ; tout cela était détruit.
Juanita était encore une belle femme, mais une
belle femme flétrie par le malheur et la souffrance. L'infortunée recula devant sa propre
image, et il lui sembla voir s'élever à côté de
sa tête abattue, la blanche et fraîche figure de
sa sœur et ses joues rosées où devait briller encore la fleur de la première jeunesse.

Ah ! ne luttons plus, pensa Juanita avec un
sombre découragement, renonçons au bonheur
que j'ai cherché dans une passion coupable. Je
reverrai Edmond une seule fois, pour qu'il me
fasse donner une faible partie de ma fortune,
puis je quitterai cette France où je suis venue
chercher tant de douleurs et de honte ; j'échap-
perai à don Luiz, et à l'instant de ma mort,
instant que quelque chose me dit n'être pas
loin pour moi, Dieu aura peut-être pitié de cet.

autre malheureux à qui je vais donner le jour;
peut-être les souffrances de sa mère plaide-
ront-elles pour lui. Et elle se leva pour sortir,
moins timide et moins abattue, tant une résolution vertueuse donne de courage et de force.

XXIII.

———

Juanita ne connaissait point Paris; pendant
le temps qu'elle y était restée, elle n'était sortie
que le soir avec Edmond, et toujours en voiture. Elle savait seulement que la maison où le
postillon l'avait descendue, était dans le faubourg Saint-Germain, et que la rue de Varennes, où était situé l'hôtel de Velly, était aussi
dans ce quartier; elle demanda son chemin,

d'une voix basse et tremblante, et quand on le
lui eut indiqué, elle marcha aussi vite que ses
forces le lui permirent. Plusieurs fois des hommes tentèrent de l'arrêter, mais alors elle re-
doublait de vitesse, et ils ne tardaient pas à
abandonner leur poursuite. Un seul sembla y
mettre plus de persistance, mais la distance à
laquelle il se tenait de Juanita, la rassura sur
ses intentions; et, tout occupée d'ailleurs de
l'idée qu'elle approchait du lieu où elle pouvait
avoir des nouvelles d'Edmond, bientôt elle ne
fit plus d'attention à ce qui l'entourait.

Cependant, à mesure qu'elle avançait, elle se
sentait plus effrayée, car la solitude qui l'environnait devenait plus complète. On lui avait dit
que l'hôtel de Velly était au bout de la rue de
Varennes, près de l'esplanade des Invalides.
On le lui avait désigné de manière à ce qu'elle
ne pût s'y tromper, et cela était d'autant plus
utile que de ce côté il ne passait presque personne.
Cependant, au bout d'un instant, elle crut aper-

cevoir un homme d'une taille élevée, enveloppé d'un manteau et se cachant dans l'ombre.

Le souvenir de don Luiz que des malheurs plus pressans avaient un peu éloigné, revint s'emparer d'elle avec une nouvelle terreur. Alors elle marcha plus vite ; elle essaya même de courir, mais ses forces trahirent son courage ; et elle fut forcée de s'asseoir sur un banc de pierre, placé à côté d'une grande porte. La soirée était humide et froide, Juanita n'avait rien pris de la journée, et le fardeau qu'elle portait dans son sein la fatiguait cruellement. Tout à coup elle se sentit si faible, que toute autre pensée que celle de sa souffrance physique disparut ; elle appuya sa tête contre la muraille, car un étourdissement fatigant faisait tourner la terre sous ses pieds. Alors le désir le plus vif qu'elle ressentit, ce fut d'être cachée, n'importe où ; ce fut de mourir seule, sans que personne ne vînt lui parler ni du passé, ni du présent. Ce qu'elle demandait enfin, c'était le

repos, le repos auquel toutes les créatures as-
pirent, dont le besoin fait concevoir la résignation qui nous prend à l'instant de la mort.

Juanita était demeurée assez long-temps dans
cet état, quand plusieurs voitures entrèrent
successivement par la porte près de laquelle elle
était assise, et qui resta ouverte. Juanita à
demi tirée de son étourdissement, s'approcha,
et ne voyant personne, se hasarda à entrer dans
la cour.

Elle ne croyait pas être à l'hôtel de Velly, ou
plutôt toutes ses idées étaient tellement brouil-
lées, qu'elle marchait sans but, sans réfléchir ;
et qu'on l'aurait interrogée sur ce qu'elle demandait, qu'elle n'aurait pu rien répondre.
Mais elle ne vit personne, que des cochers mon-
tés sur le siége de leurs voitures rangées d'un
des côtés de la cour. Elle passa derrière, et elle
se trouva sous les fenêtres d'un rez-de-chaussée
bien éclairé : des rideaux retombaient sur les

fenêtres ; mais l'un d'eux, mal joint, lui permit
de distinguer dans l'appartement.

Juanita regarda d'abord machinalement ; mais
à l'instant tout son corps trembla, mais elle se
sentit près de mourir ; car elle aperçut Edmond assis, calme et tranquille, auprès d'une
jeune et jolie personne que Juanita eut peine à
reconnaître, tant elle était embellie. Ce qui la
frappa surtout, ce fut la grâce et la dignité de
son maintien et l'aisance avec laquelle elle parlait
aux personnes qui l'entouraient. Mais pour la
bien juger à son avantage, il fallut que la pauvre
abandonnée vît Josepha s'approcher du fauteuil
où était assise la mère d'Emond ; qu'elle la vît
lui prodiguer des soins qui donnent un nouveau
charme à la beauté. Madame de Velly la mère
paraissait fort malade, fort abattue, mais pourtant un sourire de douceur et de satisfaction
errait sur ses lèvres, et ses yeux étaient remplis de joie et d'attendrissement en regardant
son fils et Josepha. Il n'y avait là que quelques

amis; c'était une soirée d'intimité, et ce fut
précisément ce qui blessa davantage Juanita.
Elle crut qu'elle aurait plutôt pardonné à Edmond de l'oublier au milieu des plaisirs, que
de paraître aussi heureux au sein de sa famille.
Ses yeux étaient fixés sur lui avec un profond
sentiment de colère; mais, pour le tourment de
l'infortunée, ce sentiment ne fut pas long-temps
le seul qui régnât dans son âme. L'amour en-
dormi par la possession, se réveilla par la jalousie plus violent, plus impérieux que jamais.
Juanita se dit qu'elle aussi avait des droits sacrés; qu'il y avait peu de jours encore, Edmond
était auprès d'elle et lui avait juré de ne jamais
la quitter.

Eh bien! s'il le faut, murmura-t-elle, ce ne
sera plus par l'amour que je régnerai sur lui, ce
sera par la terreur, ou par la pitié. A l'instant
même, je vais changer sa joie en douleur, sa
tranquillité en trouble.

Hélas! pour excuser cette résolution, il ne

faut pas oublier que la tête de Juanita n'était plus à elle ; qu'elle succombait sous le besoin.

Ses lèvres étaient sèches et brûlantes ; elle les appuya sur la pierre de la fenêtre, et elle pleura amèrement.

Pendant qu'elle avait cessé de regarder dans le salon, on avait apporté du thé ; Edmond s'était levé, et aidait Josepha à le servir. Ils firent l'un ou l'autre une maladresse qui les égaya sans doute ; car un éclat de rire, jeune et franc, vint frapper l'oreille de Juanita.

Il rit, se dit-elle, il rit, et le froid et la faim me tuent, et la douleur me cause une angoisse si affreuse que je voudrais mourir. Oui, je voudrais, continua-t-elle en bâtissant dans son imagination égarée une scène qui porta la douleur où était alors le calme et le bonheur, je voudrais qu'on leur jetât, dans leur riche salon, le corps d'une sœur, d'une amante ; qu'ils me reconnussent sous ce vêtement flétri, sali par le manque de soins. Certainement, ils feraient

appeler un médecin ; que lui diraient-ils ? Que
je suis morte,..... morte de désespoir et de
faim. Ah ! Edmond serait alors poursuivi par le
remords.

Et les dents de Juanita claquaient de souffrance
et de misère, et son estomac lui causait d'affreux
tiraillemens, et ses pieds glacés ne pouvaient
s'arracher de la pierre sur laquelle ils étaient
placés ; et, pendant ce temps, un feu pétillant,
des tapis soyeux, une lumière brillante, embel-
lissaient le salon où Edmond paraissait si heureux, si heureux, qu'on eût dit, que pour lui,
il n'y avait au monde que Josepha et les amis
qui l'entouraient.

Mais une douleur plus amère encore vint
frapper le cœur de Juanita. Le petit Raymond
entra pour dire adieu à ses parens ; après
avoir embrassé sa grand'mère, il courut dans
les bras de Josepha, qui couvrit son front de
baisers ; Edmond le prit à son tour, et Juanita
remarqua avec quel chaste bonheur il posa ses

lèvres où Josepha avait posé les siennes. Jamais, dans le moment de sa passion la plus violente pour elle, il n'avait mis tant de charmes et de grâces que dans cette caresse si pure. Il fut lui-même reporter l'enfant à sa bonne, et parut le recommander avec une tendresse qui perça le cœur de Juanita.

— Maudit sois-tu, murmura-t-elle en appuyant violemment sa main sur ses flancs douloureux; maudit sois-tu, toi qui n'auras point de père; maudit soit aussi cet autre qui a tout l'amour d'Edmond.

Ce qu'elle ressentit dans ce moment fut si terrible que l'infortunée ne put se contenir plus long-temps et un sanglot déchirant lui échappa. Edmond sembla prêter l'oreille et devint rêveur; mais la jeune comtesse fut chercher sa guitare, et la figure de M. de Velly reprit toute sa sérénité. Josepha fit entendre un *bolero* qu'autrefois elle chantait souvent pour plaire à sa mère et à la prière de Juanita; cette musique,

23

lente et monotone porte plus qu'une autre peut-
être à la mélancolie et à l'attendrissement. Son
rhythme, simple et sans ornement, ne peut
faire valoir une voix brillante, mais il prête
beaucoup de charmes à un timbre doux et faible. La voix de Josepha, naturellement peu
élevée, arrivait affaiblie encore jusqu'à sa sœur,
et comme un son mystérieux qui changea peu
à peu en attendrissement et en larmes la colère
de Juanita.

Son état de faiblesse aidant à cette disposition, bientôt toute irritation disparut : elle se
crut transportée dans un monde meilleur, où
la voix d'un ange, qu'elle avait déjà entendue,
lui promettait aide et protection. Tous ses projets de violence s'évanouirent, et peut-être n'en
fut-elle que plus malheureuse. La jeune comtesse se tut, et Juanita s'apercevant que quelques personnes se disposaient à se retirer, crai-
gnit qu'on ne la remarquât; elle sortit de la
cour et marcha dans la rue, en s'appuyant le

long de la muraille; l'infortunée ne savait où
elle allait, ni le parti qu'elle allait prendre;
mais depuis qu'elle avait revu Edmond, elle se
sentait encore moins de penchant à lui écrire.

— Qu'irai-je faire avec mes plaintes? se de-
mandait-elle. C'est la voix d'une autre qui le
touche maintenant, je ne serais qu'importune,
et je sens que moi-même je ne trouverais plus
les paroles qui attendrissent et qui rappellent.
D'ailleurs, don Luiz est sur mes traces; il me
découvrira; si je me réunissais à Edmond, il
faudrait encore du sang.... du sang et plus d'a-
mour... Oh! non, non, j'ai payé trop cher celui que j'ai fait répandre! Il faut que je subisse
mon sort; je sens que je suis perdue, que
rien maintenant ne peut me sauver. Mais, mon
Dieu! ajoutait-elle dans une inexprimable angoisse, mon Dieu, pourquoi ne m'envoyez-
vous pas la mort? Faut-il donc que je com-
mette nn nouveau crime? que je me la donne
moi-même? Ah! cela est bien affreux de se tuer

quand le sang est encore si vif, la tête si pleine d'émotions. Pourtant j'ai faim! j'ai froid! et je ne possède rien; je ne sais même si je retrouverai le chemin de la maison où l'on m'a descendue. Oh! oui, il vaudrait mieux mourir!

Et Juanita se traînait avec effort, et sentait à chaque instant diminuer son courage. Pourtant, elle tâcha de marcher plus vite, car le bruit d'un pas fortement imprimé sur le pavé et se répétant dans la solitude de la nuit lui fit peur. Mais qu'était-ce que la vitesse d'une femme épuisée, on l'eut bientôt atteinte, et une main se posa violemment sur son épaule.

— Arrêtez! prononça-t-on d'une voix basse mais dure et fortement accentuée. Arrêtez... il y a assez long-temps que je vous cherche. Je reprends mes droits pour ne plus les abandonner.

Et don Luiz passa un de ses bras sous celui de Juanita et la contenant ainsi, marcha à côté d'elle.

XXIV.

—

Ecoutez, dit don Luiz à la malheureuse Juanita, je veux vous dire à l'instant même mes intentions, afin que vous ne tentiez pas de m'échapper ! si vous faites un geste pour me fuir, je dénonce et vous et moi comme les assassins du colonel de M..... Vous n'oserez en appeler à la protection de votre sœur, car elle repousserait celle qui lui a enlevé son époux.

Voilà treize mois que je vous cherche, et je ne vous aurais peut-être pas trouvée, si votre amant ne m'avait mis sur vos traces; car il a cru beaucoup faire en vous abandonnant, que de vous annoncer froidement ses intentions dans une lettre dont je me suis facilement rendu maître. Il vous laissait sans appui, et d'ailleurs à quoi vous eût servi sa protection? Elle ne vous sauverait pas, Juanita..... je suis décidé, si M. de Velly essayait de vous ravir à ma puissance, je suis décidé à me battre avec lui. Mais il ne le fera pas, croyez-moi, il ne le fera pas; il est revenu à sa femme, à votre sœur; il vous méprise...

A cette dernière parole, dite dans la langue maternelle de Juanita, avec cet accent haut et énergique qui la distingue, la malheureuse éprouva une émotion si terrible, qu'elle crut que cette heure était la dernière de sa vie. La voix de la religion, si puissante chez les femmes de sa nation, se fit entendre; elle

croisa les mains, invoqua le nom du Dieu mort
pour nous sur la croix, et tomba sans connais-
sance sur le pavé.

Quels que fussent la haine et le mépris que
don Luiz venait de montrer à Juanita, son amour
pour elle, comprimé par la jalousie et la colère,
était encore puissant dans son âme; cet amour
se réveilla par la peur de la mort de celle qu'il
aimait; car, à la faible lueur du réverbère sous
lequel il l'avait portée, il distingua une pâleur
presque livide, et un anéantissement si complet,
que tout autre sentiment que la crainte de la
perdre, s'éteignit chez lui. Il la pressa sur sa poitrine, il la réchauffa de son haleine, et de ses
yeux farouches sortirent même des larmes.

Mais rien, rien ne ranimait Juanita; il croyait
tenir un cadavre. Il se mit à courir devant lui
comme un insensé, la solitude qui l'environnait l'effrayait encore davantage; et ce qu'il voulait maintenant, c'était le secours des hommes.
Il marchait avec rapidité, et eut bientôt atteint

le bout de la rue du Bac ; presque toutes les
boutiques étaient fermées. L'une d'elles, cependant, avait une partie de la porte encore
entr'ouverte : don Luiz, sans réfléchir à l'effet
qu'il allait produire, entra dans cette boutique,
et posa Juanita évanouie sur un siége qu'il trouva
à sa portée. Il n'y avait là qu'une jeune femme
seule ; elle jeta un cri d'épouvante, à l'aspect
effrayant de Juanita, et peut-être encore plus à
celui de don Luiz enveloppé de son noir manteau espagnol. On apercevait d'ailleurs, sous
son large *sombrero*, ses yeux sévères, et sa figure
pâle et bouleversée avait un aspect terrible.

—Paix ! dit don Luiz en fermant la porte, ne
l'effrayez pas, si elle vit ; si elle vit, soignez-la ;
rappelez ses sens, au nom de Dieu et de tous ses
saints.

Cette invocation, la vue de Juanita dont la
beauté, triomphant de son état, plaidait encore
pour elle, rassurèrent un peu la jeune marchande ; elle s'approcha.

— Cette dame paraît très avancée dans sa grossesse, dit-elle, après avoir détaché le manteau de Juanita; je la crois même bien près de son terme.

— Malédiction! s'écria don Luiz, en marquant ses deux poings sur son front. Malédiction sur elle et encore plus sur lui!

— Mais elle va périr sans secours! ajouta la marchande avec l'accent d'une profonde pitié; il lui faut un chirurgien à l'instant même.

— Qu'elle meure! répondit don Luiz, en croisant ses bras et en fixant froidement la pâle figure de Juanita.

— Et moi je ne veux pas qu'elle meure ainsi, s'écria la compatissante jeune femme; mon mari va rentrer, et je l'enverrai chercher des secours, si vous ne voulez pas y aller.

— C'est Edmond que je punirai, murmura don Luiz après un moment de silence. Elle est en ma puissance, il faut donc qu'elle vive; il le

---

faut, et il s'élança dans la rue pour aller chercher un médecin.

La jeune femme n'avait point perdu de temps,
et, avec des soins et une adresse admirable, elle
parvint à ranimer Juanita. Ensuite, remarquant son extrême faiblesse, elle lui apporta
quelques gouttes de vin que Juanita but avec
avidité. Alors, elle retrouva des forces, et regarda sa bienfaitrice.

— Ayez pitié de moi, dit-elle en joignant les
mains et essayant de se mettre à genoux, je suis
seule avec vous; si mon persécuteur revient, il
me tuera ou m'enfermera pour la vie ; des tourmens horribles m'attendent. Ayez pitié de moi !

— Est-ce donc votre mari? dit la jeune femme
en se reculant un peu.

— Non, non, il n'a aucun droit sur moi. Oh !
cachez-moi, par pitié, cachez-moi!

— Je n'ai que cette boutique et une petite
salle, où on vous trouverait bientôt. D'ailleurs,
mon mari va rentrer, et il vous remettrait entre

les mains de ce monsieur; les hommes se sou-
tiennent toujours.

— Je vous en conjure! ouvrez-moi la porte,
s'écria Juanita d'une voix suppliante, je fuirai.

— A peine seriez-vous dans la rue, que vous
rencontreriez votre ennemi, qu'il vous arrête-
rait.

— Oh! c'est vrai, c'est vrai... Eh bien!
donnez-moi un couteau que je me tue.

— Non! s'écria la jeune femme. Il me vient
une idée. Venez, essayez de me suivre.

Juanita se leva et marcha sur les traces de sa
bienfaitrice.

— Voici, dit tout bas celle-ci, une porte qui
ouvre sur une rue écartée; cette petite rue abou-
tit au quai, où il y a toujours des voitures de
place. Avez-vous de l'argent?

— Hélas! non.

— Attendez-moi quelques secondes, ajouta-
t-elle alors. — Elle fut bientôt de retour. —
Voici trois francs, dit la jeune marchande, il

est minuit et vous paierez la course double.
Jetez-vous dans un fiacre, faites-vous conduire
chez vous, où vous voudrez enfin. Si vous vous
en souvenez, venez me voir, rue du Bac, à la
Providence.

Juanita se jeta dans ses bras, et pleura amèrement.

— Ne vous affligez point ainsi, ayez du courage, reprit la marchande, attendrie elle-même.
Je vois que vous êtes bien malheureuse, mais
priez Dieu, il ne vous abandonnera pas.

Puis elle ouvrit la porte, et poussa doucement dehors l'infortunée.

Juanita, ranimée par le peu qu'elle avait pris, et
surtout par l'espoir d'échapper à don Luiz, marcha d'abord avec assez de rapidité, mais, à mesure
qu'elle avançait, elle se sentait extrêmement épuisée; et, arrivée sur le quai, elle eut de la peine à
lutter contre le vent du nord, qui soufflait avec
violence; elle avançait pourtant, cherchant une
voiture, et se demandant où elle allait se faire

conduire, car il était probable que don Luiz savait où elle était descendue. D'ailleurs elle s'en souvenait à peine elle-même, sa faiblesse, tant d'émotions pénibles affaiblissaient sa raison; un froid glacial engourdissait ses membres et, sa tête restait brûlante. Juanita avançait encore tout en sentant qu'elle ne pourrait aller loin; elle longeait le trottoir, la rivière était à deux pas d'elle, roulant ses flots pressés par le vent; tombeau cruel où le désespoir la poussait, et qui semblait à l'infortunée, son dernier refuge. La pluie vint à tomber avec violence, et le vent s'apaisa, mais la situation de Juanita devenant de plus en plus pénible, elle fut forcée de s'arrêter et de s'appuyer contre la pierre du parapet. Dans ce moment, sa vie tout entière se déroula à son souvenir; et, dans l'espace de quelques secondes, elle se rappela et ses fautes et son crime. Car le sang s'élevait contre elle, et d'un honnête homme, d'un homme d'honneur, elle avait fait un assassin.

Non, rien, rien ne justifiait cette horrible action, et elle était forcée de s'avouer que la punition qu'elle en recevait était bien méritée. Cependant elle était affreuse cette punition : abandonnée par Edmond, avilie, perdue, devait-elle, en se donnant la mort, s'exposer à une réprobation éternelle. Ne devait-elle pas, au contraire, vivre pour expier ; et cet enfant du malheur et de la honte, avait-elle le droit de lui ôter la vie ?

Non, il ne fallait pas mourir, il fallait trouver une retraite obscure, se jeter dans les bras de Dieu, et se repentir.

Ranimée par cette résolution, elle s'éloigna de la rivière, et marcha quelques instans avec un peu de courage. Cependant quoiqu'elle désirât trouver un asile, la voix des hommes la glaçait de terreur. Plusieurs avançaient devant elle, et se parlaient en riant ; elle voulut les éviter, car ce n'était pas de la joie, c'était de la pitié qu'il lui fallait ; elle essaya de courir, mais elle avait été aper—

çue, et la troupe joyeuse l'eût bientôt entourée.

— Voilà une belle de nuit, s'écria l'un d'eux; elle arrive bien à propos, nous parlions de femmes, messieurs, vous vous vantiez d'en avoir plus que vous ne voulez, moi, qui ne suis pas si heureux, je m'empare de celle-ci.

— Belle conquête! vraiment, s'écrièrent les autres en riant, tu en jugeras demain.

— Demain, que m'importera, je ne veux pas de longues amours.

— Ayez pitié de moi, balbutia Juanita en se débattant dans les bras du jeune homme, je ne suis point ce que vous croyez.

— Ah! oui, vous êtes, n'est-ce pas, quelque honnête femme qui cherche fortune au milieu de la nuit? Je m'attends que vous avez un long roman à me raconter; eh bien! cela m'amusera, venez.

— Je ne vous suivrai pas, dit Juanita en retrouvant l'énergie que donne le malheur quand il amène la honte, je n'irai pas; et elle se

recula avec une telle dignité, que son persécuteur lâcha son bras et la laissa libre.

Son voile, imprégné de pluie, était tombé,
son manteau s'était entr'ouvert, on pouvait ainsi
remarquer et la perfection de ses traits et la noblesse de sa taille; malgré son état, cette taille
conservait une élégance et une fierté que l'abattement et le malheur n'avaient pu détruire. A la
clarté indécise de la lune, on distinguait cependant ses noirs et fiers sourcils, et ses yeux admi-
rables, à qui l'indignation venait de rendre leur
éclat. Quoiqu'elle parlât très purement le français, son accent espagnol avait quelque chose
de distingué qui ne permettait pas de se tromper plus long-temps sur elle. Les trois jeunes
gens demeurèrent immobiles.

— Messieurs, dit Juanita, qui avait retrouvé
un peu de courage au son de leurs voix mo-
queuses, et en sentant leurs mains sur ses membres fatigués, messieurs, je suis étrangère. Des
circonstances qui vous intéresseraient peu m'ont

forcée de sortir de chez moi au milieu de la nuit ; messieurs, je demande au nom de vos mères, votre jeunesse me fait supposer que vous les avez encore, je demande que vous me laissiez libre, que vous ne vous obstiniez point à me suivre.

— Vous serez obéie, madame, répondit le jeune homme qui avait témoigné le désir de s'emparer d'elle ; cependant, si vous voulez me prouver que vous m'avez pardonné une conduite que les circonstances excusent peut-être un peu, vous accepterez mon bras pour vous conduire à l'endroit où vous allez, ou du moins aussi près que vous l'ordonnerez. Je ne puis vous laisser exposée à des rencontres encore plus dangereuses que les nôtres.

— Bonsoir, Auguste, crièrent les deux autres jeunes gens en s'éloignant, nous voyons que tout cela s'arrangera, mais qu'il faut y mettre des formes. A demain donc.

Le jeune Auguste passa doucement le bras

24

de Juanita sous le sien, et lui demanda où il fallait la conduire.

— Hélas ! je l'ignore, répondit-elle, car son
énergie était de nouveau disparue. Je ne sais
ce que je dois faire.

— Voulez-vous que je vous mène chez une
sage-femme ? prononça-t-il doucement; le hasard vous sert bien, je suis élève en chirurgie,
Mais avez-vous de l'argent?

— Hélas ! non, balbutia-t-elle à voix basse,
et je veux qu'on ignore mon sort.

— Si j'avais les moyens de vous être utile,
s'écria le jeune homme avec feu, je n'hésiterais
pas; mais je ne suis pas riche, et je ne puis...

— Il faut donc mourir là, se dit-elle, car de
nouvelles et plus incisives douleurs tordaient
ses entrailles.

— Il n'y a point à balancer, s'écria l'étudiant,
ayez confiance en moi, et personne ne saura
où vous êtes. Je vais vous conduire dans l'asile
du malheur; mais j'y connais une bonne et com-

patissante sœur, dont les soins et l'humanité seront un adoucissement à vos douleurs. Moi, je vous soignerai. Allons, appuyez-vous sur mon bras, n'ayez aucune inquiétude, l'étourdi n'existe plus. Pauvre femme ! c'est un frère que vous trouverez en moi.

Juanita jeta sur la figure du jeune homme un regard de reconnaissance. Cette figure était noble et douce.

— Au nom de l'honneur, dit-elle avec anxiété, ayez pitié de moi.

Il serra sa main pour toute réponse, l'entraîna ou plutôt la porta à demi, et après plus de deux heures d'une marche pénible, Juanita de Valeria entra dans l'asile de la misère et de la pitié, à l'hospice de la Maternité.

XXV.

———

EDMOND était de retour à Paris depuis huit jours, et, il faut l'avouer à la honte du cœur humain, il pensait à chaque instant, avec plus de regret, au moment où il faudrait qu'il rejoignît Juanita. Le charme qu'il trouvait au sein de sa famille n'était plus seulement celui qu'on éprouve dans l'accomplissement d'un devoir, c'était un bonheur nouveau, un bonheur dont il

n'avait eu aucune idée jusque-là, et qui eût été
parfait sans la certitude qu'il avait d'être obligé
d'y renoncer pour jamais.

Sans doute le sentiment que maintenant lui
inspirait Josepha, n'était pas empreint de cette
frénétique passion qu'il avait ressentie pour
Juanita, mais c'était quelque chose de pur et
de profond qui calmait son cœur, et y répandait
une félicité douce et sans remords. Pour la première fois, il lisait dans l'âme candide de sa femme, il étudiait son esprit qu'il avait cru jusqu'a-
lors plus qu'ordinaire, et il découvrait autant d'é-
lévation et de noblesse dans l'une, que de grâce
et de finesse dans l'autre. Intimidée par la froideur d'Edmond et par la sévérité de sa mère,
Josepha ne s'était jamais montrée ce qu'elle
était réellement ; mais son rôle était bien changé.
Ce n'était plus elle qu'on protégeait, c'était
elle qui était devenue protectrice. Elle ne
craignait plus qu'on l'interrompît, sans doute
avec bienveillance, mais néanmoins avec un

peu de hauteur, pour s'emparer de la conversation. D'abord, son devoir lui avait ordonné
de se montrer gracieuse et aimable; mais ce
devoir était devenu une habitude, un plaisir; et
elle avait réfléchi avec une sagacité que bien peu
de femmes possèdent. Long-temps trop modeste
pour se croire les moyens de plaire, elle s'était
fait une loi d'écouter les autres avec attention;
et, comme elle n'était entourée que de bons mo-
dèles, elle avait recueilli en silence tous les trésors qu'elle révélait aujourd'hui pour le bonheur d'Edmond. Nulle coquetterie ne s'élevait
dans son âme; elle n'avait, ou du moins ne
montrait aucune jalousie; mais cet instinct de
femme qui les rend si charmantes quand elles
l'emploient au bien, cet instinct lui disait qu'il
était des armes permises par le devoir contre le
vice, et que ces armes étaient l'indulgence et la
douceur. Sans être tout-à-fait instruite de la conduite d'Edmond, les plaintes et le désespoir de
madame de Velly lui en avaient appris beau-

coup : Edmond en avait aimé et en aimait peut-
être encore une autre. C'était un terrible malheur ; mais ce malheur n'était pas irréparable...
Toute modeste que fût Josepha, elle commençait
à connaître sa valeur, et même depuis qu'Edmond
était infidèle, elle se plaisait à entendre répéter
combien elle était jolie; elle avait cultivé ses talens, orné son esprit, tout cela dans un but noble et délicat. Comme l'avait dit le petit Raymond,
depuis long-temps Josepha ne chantait plus ;
mais, au retour d'Edmond, elle se remit à la musique, et elle découvrit, pour lui plaire, des moyens
que n'aurait pas employés avec plus de succès
une adroite coquette, et tout cela était si naturel, qu'au milieu du charme dans lequel il vivait,
Edmond ne pouvait concevoir quel avait été jusque-là son aveuglement. Quelle différence pour
lui de cette vie animée, de ce bonheur d'intérieur
qui se compose de l'amour des siens, du respect
de ses gens, de l'accomplissement de ses devoirs,
avec l'existence errante et désordonnée qu'il lui

avait fallu mener avec Juanita! Quelle différence
de la sûreté, de l'égalité du caractère de sa
femme, avec la sombre violence de Juanita,
qui, toujours au-delà des bornes, ne savait
qu'être emportée jusqu'à la frénésie, ou froide
comme une tombe; à qui il fallait sans cesse
des orages, et qui, quelles que fussent les
preuves de son amour, laissait toujours au
cœur une inquiétude de changement!

Cependant, malgré la froideur qui, dans
l'âme d'Edmond, avait succédé à sa passion
pour Juanita, il n'était pas sans inquiétude sur
le silence qu'elle gardait; chaque jour il allait à
la poste, où il lui avait dit de lui adresser ses
lettres, et, chaque jour, il en revenait plus
mécontent. Mais, loin que cette inquiétude ra-
nimât son amour, il se sentait encore plus
irrité contre elle; car il attribuait ce silence
à sa colère, à sa violence; et il calculait avec
effroi les jours, les heures qui le séparaient
du moment où il faudrait la rejoindre; il sa-

vait que l'époque de ses couches ne pouvait
être éloignée, et l'honneur lui commandait de
de ne point l'abandonner; mais l'honneur ne
lui ordonnait-il point aussi de ne pas quitter sa
mère ni sa femme.

Madame de Velly était mieux, elle reprenait même chaque jour un peu de forces; mais
il était bien certain qu'elle ne retrouverait pas
entièrement la santé, et que jamais surtout elle
ne posséderait cette force de caractère, cette
clarté de pensées qui la rendaient jadis remarquable, c'était un grand enfant, avec toutes les
exigences de cet âge; et il fallait la prévoyance et
les soins de Josepha, pour que cette vue ne fût pas
déchirante au cœur d'Edmond. Aussi la reconnaissance, l'admiration qu'il éprouvait pour sa
femme, s'en augmentaient-elles à chaque instant;
de ces sentimens à une tendresse expansive, il
y avait peu d'intervalle; et Edmond était, à
chaque heure, prêt à le franchir. Combien il
avait besoin de se rappeler l'horreur de sa po-

sition, pour ne pas reprendre ses droits sur Josepha et l'intimité que permettait leurs liens.
Mais l'honneur le lui défendait, car il allait
l'abandonner encore. Cependant, Edmond savait que ce n'était plus un enfant qui ne l'aurait pas compris, il connaissait maintenant la
force de son esprit, et il était décidé à lui
ouvrir son âme, à se laisser voir aussi coupable
qu'il l'était, à tout lui dire, enfin, excepté
l'existence de sa sœur. Il voulait qu'elle sût
combien il l'aimait; il voulait qu'en connais-
sant l'étendue de sa faute, elle connût aussi l'é-
tendue de son amour, et le regrettât. Peut-être,
d'ailleurs, avait-il un léger espoir qu'elle lui
donnerait un conseil salutaire, et l'aiderait à se
sauver; enfin il ne voulait point partir, quitter tout ce qu'il aimait comme il l'avait fait
une fois. Car maintenant il n'y avait plus de passion extravagante pour le pousser à cette cruauté;
cependant il ne pouvait plus différer de prendre un parti; et, le jour même, il était résolu,

s'il ne recevait point de lettres de Juanita, à
faire ses adieux à sa femme et à lui dire une partie de la vérité, quand Didier entra dans le petit salon de Josepha, où Edmond était assis près
d'elle. Involontairement il avait perdu une partie de l'air rêveur qui l'accablait en y entrant.

— Que veux-tu? demanda M. de Velly en
voyant paraître Didier, en continuant de tailler
le crayon que Josepha venait de lui remettre,
que veux-tu? personne n'a sonné.

— Je le sais, monsieur le comte, répondit
Didier en faisant signe à son maître de sortir,
mais si monsieur a un moment, je serais bien
aise qu'il jetât un coup d'œil sur mes comptes;
je voudrais savoir....

— Ce n'est pas la peine de me déranger, mon
garçon, je m'en rapporte parfaitement à toi;
d'ailleurs je te parlerai ce soir. Ici Edmond soupira en pensant à ce qu'il devait lui dire.

—Ah! papa, papa, s'écria le petit Raymond
en accourant, viens donc, je suis allé dans

ton cabinet pour y chercher ma balle , et j'y ai trouvé un grand homme qui a l'air bien méchant.

— Pourquoi ne pas me dire que quelqu'un me demande chez moi? Didier , avertissez que je vais m'y rendre.

M. de Velly se leva pour sortir.

— Mon ami , prononça Josepha d'une voix timide , peut-être la personne qui vous attend vous engagera-t-elle à prendre un parti , vous obligera à faire quelque démarche ; n'oubliez pas , je vous en conjure , votre fils et surtout votre mère ; songez à l'état dans lequel elle est encore.

— Je ne sais ce qu'on peut me vouloir , répondit Edmond d'une voix triste , et je ne redoute que trop d'être forcé d'imposer une nouvelle douleur à ce que j'aime. Mais tu ne me haïras pas , n'est-il pas vrai? tu auras pitié de moi , Josepha ?

— Pauvre ami , répondit-elle en cachant ses yeux pleins de larmes sur l'épaule d'Edmond ,

ne crains pas que je t'accuse, va ; j'en suis sûre,
maintenant tu seras aussi malheureux que nous
si tu nous affliges.

— Plus malheureux, Josepha, plus malheureux cent fois, car le remords ajoutera à mon
désespoir; mais toi, ange du ciel, la pureté de
ton âme te donnera le courage de souffrir.

— Quoi qu'il arrive, Edmond, dit Josepha
en relevant la tête, quoi qu'il arrive, ne fais rien
sans me consulter. Qui sait si à nous deux nous
ne trouverons pas quelque moyen.

Edmond secoua tristement la tête.

— Le mal est donc irréparable, reprit la
douce créature, rien ne peut nous sauver.

— Rien, dit-il. Et il restait en face d'elle sans
faire un mouvement.

— Va donc, dit Josepha avec résignation,
va, je vais prier pour nous.

Edmond se rendit lentement dans son cabinet, où il se trouva en face d'un inconnu,
qui, se nomma : c'était don Luiz d'Alvaro.

XXII.

———

— Sommes-nous bien seuls, monsieur ? demanda don Luiz.

M. de Velly, après avoir regardé autour de lui, lui fit signe que oui.

— Vous vous doutez certainement de ce qui m'amène, continua-t-il, j'ai découvert dona Juanita ; je sais que vous l'avez déshonorée, que, cachée à tous les yeux, vivant pour vous seul...

— Eh bien ! monsieur, quand tout cela serait vrai, interrompit Edmond avec hauteur, que vous importe? et de quel droit...

— Son père était le frère de ma mère, monsieur, et, en Espagne, nous respectons un peu plus qu'en France les liens de famille; nous nous ferions un crime de ce qui vous semble si plaisant à vous autres; nous ne choisissons pas nos conquêtes dans notre...

—Finissons, monsieur, que me voulez-vous?

— Vous ne le devinez pas, monsieur, reprit don Luiz en fixant sur Edmond des yeux pleins de fureur; vous ne devinez pas qu'il me faut votre sang.

— Que fera votre mort ou la mienne à tout ceci? répondit Edmond avec découragement. La fatalité a tout rendu irréparable, croyez-moi, et si je pouvais revenir sur le passé, je le ferais. Que demandez-vous maintenant? un duel, un éclat? Quel droit d'ailleurs pouvez-vous avoir sur une femme qui ne vous aime pas?

— Elle sait cependant que j'en ai que rien ne

peut me ravir, répondit don Luiz à voix basse.
Cependant, au milieu de ma colère et d'une
résolution inébranlable de venger l'honneur de
ma famille, un autre sentiment me domine
dans ce moment, l'inquiétude de l'état où j'ai
laissé Juanita, et sa disparition.

Une exclamation d'Edmond apprit à don
Luiz qu'il ignorait le sort de mademoiselle de
Valeria, depuis qu'il l'avait quittée en Angleterre; don Luiz lui raconta alors comment il
l'avait rencontrée et ce qui s'était passé entre elle
et lui.

— Je l'ai cherchée toute la nuit, continua-
t-il, j'ai mis plusieurs personnes sur ses traces;
mais, depuis trois jours, toutes mes démarches
ont été inutiles, et je ne puis savoir ce qu'elle
est devenue.

— A Paris ! répétait Edmond, Juanita à Paris!
avec une tête comme la sienne, une violence qui
ne respecte rien, elle va faire quelque imprudence, offenser mortellement Josepha, lui ap-

prendre ce qu'au prix de ma vie je voudrais qu'elle ignore.

L'ingrat ! il ne pensait maintenant qu'à la douleur de sa femme ; le désespoir qui devait accabler Juanita, l'horreur de sa situation l'occupaient à peine. Et l'on vante le sentiment de l'amour, et l'on dit qu'il donne de la noblesse, de la générosité ! Hélas ! il n'en est rien, il rend quelquefois un homme doux et bon pour ce qu'il aime, quand il en attend son bonheur et ses plaisirs ; mais quand sa puissance a cessé, plus qu'une femme, et cent fois plus qu'elle, il oublie l'objet auquel il fit tant de sacrifices. Comme l'amour ne vit que d'illusions, rien n'est réel ni durable chez lui ; il n'a point de mémoire, car la reconnaissance du cœur n'est que du souvenir.

Edmond, dans ce moment, ne songeait qu'à sa femme, et s'il y joignait quelque sentiment pour Juanita, c'était une anxiété douloureuse et fatigante. Cependant, si la persécution que don Luiz imposait à mademoiselle de Va-

leria, n'excitait plus sa jalousie, elle lui semblait du moins injuste et odieuse, son amour
pour l'infortunée était détruit, mais sa haine
pour don Luiz était loin d'être éteinte. Et, sans
le souvenir de Josepha, il lui eût demandé à
l'instant même compte de ses torts envers mademoiselle de Valeria ; Mais ce qu'il fallait
avant tout, c'était de découvrir ce qu'elle était
devenue, et il le dit à don Luiz, en ajoutant :

— Je ne sais, monsieur, qui vous donne
ainsi le droit de vous faire le réformateur des
erreurs des autres.

— C'est ce que ma cousine vous dira elle-
même, répondit don Luiz avec hauteur ; dans
tous les cas, je vous déclare que je ne laisserai
point ma parente vivre d'une manière déshono-
rante. Je révélerai son existence et votre crime,
et je ne sais pourquoi, à l'instant même, ajouta-t-il en marchant vers la porte, je ne sais
pourquoi je ne vais pas instruire Josepha.

— Je vous le défends ! prononça Edmond

d'une voix étouffée ; et si vous êtes un homme
d'honneur, nous viderons cette affaire seuls , et
nous n'empoisonnerons pas la vie d'une femme
innocente. Ma mère est sur le bord de sa
tombe...

Don Luiz s'arrêta.

— A demain donc , au point du jour, reprit-il
mais, de toutes façons, nous en finirons ensemble , Edmond de Velly ; car votre nom a été
pour moi le premier indice de mon malheur.
Vous avez été cause d'un crime... mais je veux,
je dois me taire encore. Je vais recommencer
mes recherches ; vous, monsieur, qui savez
sans doute mieux où vous adresser, ne négli-
gez rien. A demain, de grand matin, je viendrai vous prendre.

— Soit , répondit Edmond en sonnant Didier pour qu'il accompagnât don Luiz de manière
à ce qu'on ne pût le voir ; aussi bien je suis las
d'une vie que j'ai rendue aussi malheureuse que
criminelle.

Et quand il eut vu s'éloigner don Alvaro, il sortit, succombant sous une douleur d'autant plus insupportable, qu'elle était dénuée de passion. Il sortit pour faire lui-même les recherches les plus minutieuses, afin de découvrir Juanita.

XXVII.

Il était neuf heures du soir. Assise auprès
de la mère de son époux, cherchant à la distraire de l'absence de son fils, Josepha regardait la pendule, et écoutait avec anxiété si le
bruit des pas d'Edmond ne viendrait pas frapper son oreille. Elle aurait donné tout au monde
pour pouvoir au moins laisser couler ses larmes. Enfin, l'inquiétude de madame de Velly

pour Edmond, inquiétude qu'elle ne s'expliquait peut-être pas entièrement, fatigua sa tête si faible, et elle parut désirer du repos. Josepha la laissa entre les mains de ses femmes; et, bien certaine qu'elle était parfaitement soignée, elle se retira chez elle, et fit appeler Didier.

— Non, madame, non, répondit-il avec assurance, je suis bien certain que monsieur n'a point quitté Paris, et que si cela lui arrivait de nouveau, ce serait avec un vif regret; car il est bien heureux auprès de vous et du petit Raymond.

—Oui, je le crois heureux près de nous, reprit Josepha en soupirant; mais il m'a dit lui-même qu'un devoir d'honneur l'éloignerait encore. Cependant il m'a juré de ne prendre aucun parti sans me consulter.

— Il le fera, madame, il le fera; et j'espère, moi, qu'il ne partira pas.

--- Je n'ose m'en flatter, Didier. Mais quelle

était cette personne avec laquelle M. de Velly a causé long-temps avant de sortir?

—Je ne la connais point, madame, je ne sais rien.

—Cependant, reprit Josepha en hésitant, votre maître n'était pas seul quand vous l'avez retrouvé en pays étranger.

—Seul, répondit Didier; mais madame m'avait promis de ne jamais...

—De ne jamais vous interroger, n'est-ce pas, Didier? je ne le ferai plus. Dieu aura pitié de moi, il me donnera de la force, de la patience, quoi qu'il arrive, je serai soumise.

Mais en parlant de sa soumission, les yeux de Josepha étaient remplis de larmes, et quand elle fut seule, elle pria avec ferveur, pour que Dieu lui donnât le courage dont elle avait tant besoin. En priant, elle songea aux malheureux, car la prière rend compatissant; elle se reprocha de les avoir oubliés depuis le retour d'Edmond. Le bonheur rend-il égoïste? se

demanda-t-elle avec une admirable candeur.
J'étais si heureuse de le revoir, que je ne son-
geais qu'à lui ; que j'ai négligé jusqu'à mes pauvres compatriotes qui souffrent tant, loin de
leur patrie. Peut-être même la bonne sœur Marie
sera-t-elle venue me demander des secours ; et
on ne l'aura pas laissée entrer. Ah ! c'est bien
mal à moi de m'être laissé endormir par la prospérité.

Pauvre enfant ! elle appelait prospérité le fu-
gitif bonheur qu'elle avait dû à la présence de
son mari ; bonheur qui n'était à elle qu'à demi,
et qu'elle était presque certaine de perdre ;
bonheur auquel elle avait tant de droits et
qu'elle accueillait pourtant comme un bien-
fait !

Ces réflexions et l'absence d'Edmond qui se prolongeait, augmentèrent la tristesse de Josepha ;
dans ce moment elle entendit une voix de femme
qui insistait pour la voir. Peut-être n'eût-elle
pas reconnu de suite celle de la sœur Marie,

si à l'instant même elle n'eût pensé à elle. Elle se hâta de courir au-devant de la sœur.

— Je sais qu'il est bien tard, dit celle-ci en s'avançant avec l'assurance que donne l'habitude de faire le bien, mais vous m'avez prouvé qu'à toute heure votre cœur était ouvert au malheur, surtout quand il frappe quelqu'un de votre nation.

— Voilà de l'or, dit aussitôt Juanita en ouvrant son secrétaire.

— Hélas! l'or n'y peut rien, dit la bonne sœur en tombant sur un siége, car elle paraissait épuisée, l'or n'y peut rien, et la mort est là. Il s'agit d'une jeune femme espagnole; mais laissez-moi vous raconter ce que je sais d'elle, pendant que je me reposerai un instant, car je suis venue tout courant de la Maternité ici.

— Vous saurez donc que, la nuit d'avant-hier, j'étais de garde; quand j'ai entendu frapper doucement à une fenêtre de ma salle, je l'ai ouverte; car je sais que souvent de pau-

vres malheureuses font ainsi connaître qu'elles
désirent être introduites; mais c'était M. Auguste, un jeune élève en chirurgie, attaché à
notre hôpital; un peu fou, un peu coureur,
cependant un cœur excellent, il donne tout ce
qu'il a, et souvent même ce qu'il n'a pas.

« Sœur Marie, m'a-t-il demandé, le petit
cabinet qui est au bout de votre salle est-il
libre ? »

J'ai répondu que oui.

« Eh bien ! placez-y madame; elle est étrangère, mais ce n'est point une personne ordinaire que je vous amène, et je vous la recommande comme si c'était ma sœur; veillez à ce
qu'elle soit le mieux possible, demain, de bonne
heure, je viendrai la voir. »

Je vous avoue, ma chère dame, que j'ai
cru que c'était quelque jeune fille, à qui M. Auguste s'intéressait, mais quand j'ai eu introduit
la personne qu'il amenait, quand je lui ai ôté
son manteau, car elle était presque évanouie,

quand le voile qui couvrait sa tête fut tombé
sur ses épaules, j'ai pu distinguer sa beauté extraordinaire ; quelque pâle, quelque fatiguée
qu'elle fût. La pauvre jeune femme me remer-
cia, et son accent me la fit reconnaître pour Espagnole ; car, depuis plusieurs années que vous
me chargez de vos bienfaits pour vos compatriotes, j'y suis habituée ; je l'ai mise au lit,
mais vainement ai-je essayé de lui faire prendre
quelque breuvage restaurant ; une fièvre violente la dévorait ; et, au bout de peu d'instans,
elle a été saisie par d'horribles douleurs, elle
allait devenir mère.

—Pauvre femme ! prononça Josepha, pauvre
femme !

— Au jour, continua la sœur, M. Auguste
est arrivé, il a été chercher le médecin en chef,
et tous deux ont déclaré l'étrangère dans le plus
imminent danger ; heureusement elle a inspiré
un vif intérêt à tous ceux qui l'ont vue, car, au
milieu de ses plus cruelles souffrances, sa beauté

ne cessait pas d'être merveilleuse. Ses longs
cheveux noirs s'échappaient toujours du mou-
choir où je les avais enfermés, et tombaient
sur ses épaules découvertes, car elle se dé-
battait dans d'horribles convulsions. Enfin, au
bout de quarante heures, elle est accouchée
d'un fils; mais la naissance de cet enfant a été
le signal de la perte de sa mère; et, dès ce
moment, il n'y a plus eu d'espoir de la sauver.
Ce soir elle m'a pressé la main, je me suis pen-
chée près de sa bouche, dont s'échappe avec
peine un faible souffle. « Et mon enfant, a-t-elle
murmuré, et mon enfant, que deviendra-
t-il? » Ah! madame, que d'angoisses il y avait
dans cette inquiétude de mère !

Dieu, lui ai-je répondu, en aura pitié. « Mais,
qui va le prendre, le nourrir?» a-t-elle continué
avec une anxiété croissante? Je ne savais que
répondre, car je ne voulais pas mentir, et les
réglemens de la maison ordonnent que demain,
sans retard, l'enfant soit porté à la Pitié. « Ecou-

tez, m'a-t-elle dit alors en paraissant retrouver un peu de force, je suis Espagnole, et mon enfant aurait droit à quelque fortune, si je disais mon nom, cependant il ne s'échappera pas de mes lèvres. Mais aussitôt que je serai morte, portez cette bague à une dame espagnole, dont l'hôtel est rue de Varennes; elle se nomme....» Votre nom n'a pu venir jusqu'à ses lèvres, mais moi je me suis écriée : La comtesse Josepha de Velly?

Elle m'a fait signe que oui, et s'est évanouie. J'ai cru qu'elle allait passer; et, comme de grand matin ce pauvre enfant doit être emporté, je suis accourue, quoiqu'il soit bien tard, vous supplier, madame, de me dire ce qu'il faut faire; si vous croyez pouvoir me donner quelques indices sur la famille de cette infortunée.

—Une belle femme!.. se répétait à elle-même Josepha cherchant dans sa tête les jeunes Espagnoles qu'elle ou sa famille avaient pu con-

connaître, je ne puis savoir... Mais Dieu en me
donnant la fortune et le pouvoir m'ordonne de
secourir les malheureux et surtout mes compatriotes ; ma sœur, je vais avec vous ; peut-être
cette pauvre mère me dira–t–elle son secret,
du moins je lui jurerai que jamais je n'aban-
donnerai son fils.

Et, Josepha, sans perdre une minute, partit
avec la sœur Marie. Il y avait peu de temps
qu'elle était éloignée quand Edmond rentra ; les
gens de la jeune comtesse étaient accoutumés à
la voir sortir à toute heure pour de bonnes ac-
tions, pourtant Didier ne put s'empêcher de
se repentir de ne point avoir suivi sa maîtresse.

— Pourquoi ne l'as-tu pas fait ? s'écria M. de
Velly ; s'il lui arrivait quelque accident, si on
l'avait attirée dans un piége... Et l'ingrat s'effrayait des dangers d'une femme protégée par
son rang, sa position dans le monde, et il oubliait que ses recherches avaient été inutiles et
que l'infortunée Juanita errait dans une ville

qui lui était étrangère ; il oubliait ses dangers pour ne sentir qu'une profonde irritation contre elle et une inquiétude extrême pour Josepha, dont l'absence prolongée semblait annoncer quelque événement funeste.

Le jour allait paraître ; elle n'était point de retour; et, malgré les représentations de Didier, qui lui répétait pour la centième fois que la sœur Marie était connue dans plusieurs hôpitaux et par tous les médecins, ainsi que chez les personnes les plus bienfaisantes, comme l'être le plus pur et le plus vertueux, Edmond allait sortir pour courir à la recherche de sa femme, quand don Luiz d'Alvaro se présenta devant lui.

XXVIII

———

LE quartier solitaire où roulait sa voiture,
l'heure déjà un peu avancée, auraient peut-être
inquiété Josepha, si elle n'eût été entièrement
préoccupée d'abord de l'intérêt que lui inspirait
le malheur qu'elle allait secourir, ensuite de ce
qu'éprouverait Edmond en ne la retrouvant pas
chez elle. Mais ces émotions, quoique très vives,
se turent devant un intérêt bien plus puissant,

et son cœur battit avec force quand elle pénétra dans l'asile du malheur où la conduisait la bonne sœur.

Une lampe suspendue au plancher, et dont la lumière ne jetait qu'une lueur incertaine, éclairait faiblement la longue file de petits lits blancs où se livraient, à un sommeil bienfaisant ou à une veille pénible, les pauvres femmes qui les occupaient; une sœur de garde salua en silence, et Josepha traversa cette salle commune avec sa conductrice, pour arriver au lit de douleur de sa compatriote.

Quoique le cabinet qu'occupait celle-ci fût un peu mieux éclairé que les salles que venait de traverser Josepha, elle ne put distinguer qu'au bout d'un instant ce qui l'environnait; elle était d'ailleurs si émue, qu'elle fut forcée de s'asseoir.

—Eh bien! dit la bonne sœur Marie en écartant les rideaux de la malade, eh bien?

—Elle ne parle plus, répondit à voix basse un jeune chirurgien, son pouls s'affaiblit à chaque minute, et elle ne verra point le soleil de demain.

—Je lui amène un ange consolateur, reprit la sœur, une bonne dame qui lui promettra d'avoir soin de son enfant, de ne jamais l'abandonner. Cette promesse adoucira peut-être sa dernière heure.

—Dieu vous récompensera, madame, dit le jeune Auguste en se disposant à sortir, car ce n'est point un malheur ordinaire que vous allez secourir; cependant, je doute que l'infortunée puisse vous entendre, sa faiblesse est arrivée à un point qui fait hésiter par moment à croire à son existence.

Il se baissa près de l'oreille de la malade, et prononça doucement quelques mots, mais elle ne répondit pas.

—Je suis forcé de m'en aller, ajouta-t-il tristement; sœur Marie, vous me trouverez dans les salles, si... mais je ne puis plus rien. Et il sortit.

Josepha tremblait d'une émotion qui l'étonnait et l'effrayait presque ; car ce n'était point la première fois qu'elle approchait de la couche d'un malade et même d'un mourant. D'où lui venait donc ce serrement de cœur qui l'oppressait et remplissait ses yeux de larmes ? d'où lui venait cette terrible anxiété qui la faisait frémir devant ces rideaux fermés, alors qu'elle venait apporter la consolation et la pitié ? à peine pouvait-elle se soutenir.

— Je vais essayer de me faire entendre de la malade, dit la sœur Marie ; elle paraît assoupie, mais elle ne dort pas.

— Peut-être, dit Josepha, si ce repos pouvait la sauver, laissez-la, j'attendrai.

— Mais vous ne pouvez passer la nuit ici.

— Qu'est-ce pour moi qu'une nuit sans sommeil, dit Josepha, quand pour cette infortunée cette nuit sera peut-être la dernière.

La sœur ne répondit rien, et s'assit dans un vieux fauteuil placé assez loin de la mourante ; elle chercha à lutter un moment contre le som-

meil, mais la fatigue l'emporta et sa respiration
annonça bientôt qu'elle dormait. Josepha demeura long-temps immobile, cependant elle crut
voir s'agiter les rideaux et elle s'approcha avec
précaution; plus accoutumée à la faible lumière
de la chambre, elle remarqua que la tête de la
malade, à moitié cachée, faisait quelques lé-
gers mouvemens.

— Ne desirez-vous rien? dit-elle en se penchant à son oreille, je suis venue ici pour
vous rassurer sur le sort de votre enfant. S'il
est quelqu'un à qui vous vouliez le recommander, parlez sans crainte, je promets....

Alors deux yeux, dont une lente et douloureuse
agonie n'avait encore pu ternir l'éclat, deux
yeux, dont la beauté et l'expression n'avaient
peut-être jamais eu d'égal, s'ouvrirent et se
fixèrent sur Josepha.

— Mon Dieu! murmura celle-ci en tombant
à demi sur le lit, mon Dieu! que vois-je? serait-
il vrai!... Dieu aurait-il permis!...

— Paix ! murmura la malade d'une voix basse, paix ! Je t'attendais à ma dernière heure, toi que j'ai tant aimée, tant offensée ; oui, tu viens à moi pour m'aider à mourir.

— Non, tu n'es pas ma sœur, balbutia Josepha, non, je ne te retrouve pas pour te perdre aussitôt ; je ne te retrouve pas dans l'asile de la misère, quand toutes les prospérités m'environnent; non, tu n'es pas Juanita.

— Tais-toi, dit bien bas la mourante en avançant sa main débile pour prendre celle de sa sœur, tais-toi. Va, ce n'était qu'à l'article de la mort que nous pouvions nous revoir ; et Dieu et toi doivent seuls m'entendre.

— Non, non, tu ne mourras point, je vais appeler du secours, je vais....

— Tu ne peux me sauver, et tu empoisonnerais mes derniers momens, ma sœur. Jure-moi, au contraire, que tu ne diras rien ici qui révèle mon existence, ou je mourrai désespérée ; ne me refuse pas, Josepha, ne me refuse pas, et surtout écoute-moi, tandis que j'en ai la force. Je fus bien coupable, et....

—Eh! que m'importe, interrompit Josepha, suis-je ton juge, et Dieu est-il inflexible? Pourquoi t'envoie-t-il la mort, à toi, si jeune encore? mais qui a osé faire croire que tu avais cessé de vivre?

—Parle bas, dit Juanita d'une voix éteinte, parle bas. Il faut qu'on ignore que je suis ta sœur, que je suis Juanita de Valeria, il le faut. Et les yeux de l'infortunée s'étaient ranimés de terreur. Promets-moi, dit-elle en essayant de se soulever, promets-moi que tu ne prononceras pas mon nom, qu'il ne sera même pas gravé sur ma tombe.

— Je t'obéirai, mais tu ne mourras pas, oh! non, tu ne peux mourir.

—Dis plutôt que je ne puis vivre; ah! si tu savais... Mais laisse-moi te demander de la pitié et du pain pour cet enfant qui dort là près de moi.

— Il sera le mien, je te le jure.

— Mais, si tu savais quel est son père !

—Que m'importe, c'est ton sang, c'est le mien. Cependant, si cet homme existe, si ce n'est point un monstre, j'irai lui porter son enfant au bout du monde, je me jeterai à ses pieds, il ne pourra me refuser; dis-moi donc son nom, dis-le moi.

— Jamais, jamais.

— Tu le dois, Juanita, quel qu'il soit tu le dois; je te le demande au nom de notre mère, au nom de notre Dieu, devant qui tu vas paraître, au nom de cet enfant, que tu veux faire entièrement orphelin; je t'en supplie, son nom?

— Peut-être sera-ce le dernier qui s'échappera malgré moi de mes lèvres, peut-être te fera-t-il repousser, mon fils.

— Oh ! non, non, parle donc, je t'en supplie, ma sœur ?

Juanita voulut obéir, mais sa bouche se contracta et ses yeux se fermèrent.

—Elle se meurt, s'écria Josepha, elle se meurt....

Mais la sœur Marie ne se réveilla pas; trois heures sonnèrent. Josepha pressait dans les siennes les mains glacées de la mourante, elles firent un mouvement.

— Oh! parle, dit Josepha, dis-moi un dernier adieu; dis-moi le nom de ton séducteur, que je rende un père à ton fils.

— Juanita ouvrit les yeux, les fixa sur le doux visage de sa sœur.

— Prie pour moi, ma sœur, balbutia-t-elle, pardonne-moi, car le père de cet infortuné, c'est....

Josepha approcha sa tête tout près de la bouche de Juanita, la souleva dans ses bras, et couvrit son visage de larmes. Mais elle ne parlait plus. Un faible cri de l'enfant troubla seul ce lugubre silence.

— Entends le cri de ton fils, parle, ô ma sœur, répéta Josepha d'une voix suppliante.

Juanita releva la tête, ses regards brillèrent un instant d'un feu extraordinaire, puis ils devinrent ternes et vitrés, puis ses mains retombèrent immobiles, et sur ses lèvres glacées Josepha recueillit ces dernières paroles :

— O Edmond! faut-il mourir sans te revoir!

XXIX.

———

La voiture qui ramenait Josepha fut aperçue de loin par Didier qui courut au-devant de sa maîtresse, et resta effrayé de son extrême pâleur.

—Serait-il arrivé quelque chose à madame? s'écria-t-il.

Mais la jeune comtesse ne lui répondit que par un signe de tête, et il n'osa rien ajouter dans le moment. Josepha descendit péniblement de voiture ; elle paraissait cacher quelque chose sous le cachemire qui l'enveloppait.

—M. le comte a été bien inquiet, hazarda Didier quand elle fut au milieu de l'escalier ; il allait courir à la recherche de madame, quand l'étranger qui est déjà venu hier s'est présenté. Je suis doublement content que vous soyez de retour, ma bonne maîtresse, je crains qu'il ne se passe ici quelque chose d'extraordinaire ; car je vous avoue, madame, que, sous prétexte de ranger le feu, je suis entré chez monsieur, et que je l'ai trouvé très animé ainsi que l'étranger ; je suis persuadé que mon maître doit se battre avec cet homme.

Josepha marcha plus rapidement vers l'appartement de son mari ; et, près d'y entrer, elle recommanda à Didier de veiller à ce que personne ne pût les déranger ni les entendre ; puis, elle ouvrit la porte de la chambre de M. de Velly

et se trouva en face de lui et de don Luiz d'Alvaro.

— Quelle horrible inquiétude vous m'avez
causée ! ô ma chère Josepha ! Qui a pu vous retenir ainsi ? d'où venez-vous ? s'écria Edmond.

— De remplir un triste devoir, répondit-elle
d'une voix grave en repoussant doucement la
main qu'il lui présentait. Mais, mon cousin,
ajouta-t-elle en se tournant vers don Luiz, est-
ce ainsi que vous devez paraître dans la maison
de votre plus proche parente? Et que signifient
les armes que vous portez? que signifie surtout
votre air de fureur?

— Je suis venu pour demander compte d'une
injure, répondit don Luiz, d'une injure qui est
aussi la vôtre, et je...

— Je vous rends grâces, mon cousin, interrompit Josepha avec dignité; mais si j'ai été
offensée, Dieu s'est chargé de punir trop cruellement les coupables, pour qu'il soit nécessaire

que vous preniez ce soin. Savez-vous d'où je viens ?

Don Luiz et Edmond la regardèrent avec un pressentiment d'effroi.

— Savez-vous d'où je viens ? répéta-t-elle... De recevoir le dernier soupir de ma sœur, de ma chère Juanita. Mais savez-vous aussi où je l'ai retrouvée...? Dans l'asile de la pitié, dans un hôpital. Dans un hôpital ! elle, ma sœur ! la belle, la brillante Juanita. O Edmond ! Edmond ! Et vous venez parler de duel, de vengeance, don Luiz ! vous qui avez osé la faire passer pour morte ; qui, par vos persécutions, l'avez peut-être poussée aux erreurs qui l'ont perdue. Eh ! grand Dieu ! quand vous égorgeriez son séduc-teur, ou que son séducteur vous arracherait la vie, vous commettriez l'un et l'autre un crime inutile, et l'ombre de ma malheureuse sœur s'éleverait surtout contre vous, don Luiz, si vous ravissiez un père à son enfant ; à son en-fant que voilà, ajouta Josepha en posant sur

un canapé la petite créature qu'elle avait jusque-
là tenue cachée sous son schal.

Edmond tomba à genoux près de l'enfant et
pleura amèrement.

— Pleurez, mon ami, pleurez, dit Josepha
en laissant aussi échapper ses sanglots ; voilà
tout ce qui nous reste de celle que nous avons
tant aimée, de cette femme si belle, si aimable !
Elle est morte dans mes bras, en me faisant jurer de ne pas même faire graver son nom sur sa
tombe. La dernière parole qu'elle a prononcée,
a été votre nom, Edmond. O mon ami ! vous
n'avez qu'un moyen de réparer le mal que vous lui
avez fait, c'est d'aimer son fils. Quant à moi, je
jure que ce ne sera jamais de mon consentement
qu'il apprendra que je ne suis point sa mère. O
ma chère et bien-aimée Juanita, il me semble
qu'ainsi je consolerai ta cendre.

— Morte ! répéta don Luiz, qui était tombé
sur un siége ; morte si jeune, si belle ! O mon
Dieu ! est-ce donc vrai ? Et du moins a-t-elle

27

prié, s'est – elle repentie, a-t-elle dévoilé......

— Elle n'a eu de force que pour me parler de son fils. Mais, quelles que furent ses erreurs, de cruelles souffrances les ont expiées. Vous, mon cousin, si vous avez des remords, le temps vous reste pour la prière.

— Adieu ! dit don Luiz en se levant, adieu, Josepha, vous êtes un ange que Dieu conservera pour le bonheur des malheureux. Quant à vous, Edmond de Velly, il faut un large espace entre nous; car, à chaque instant, je serais tenté de venir vous demander compte de la mort de l'infortunée. Mais avec Juanita, le bonheur est fini pour moi; et voilà d'elle un dernier souvenir que je dois détruire, car je ne le gardais que pour entretenir ma haine; il fut le signal... L'enfant poussa un cri : don Luiz tourna vers lui un regard de fureur, et, s'avançant vers le foyer, il jeta au milieu *l'abanico* qu'il gardait depuis la mort du colonel de M... La gaze dorée brilla un instant au milieu des flammes.

—J'aurais tant voulu garder ce souvenir de ma sœur ! s'écria Josepha. Et elle essaya d'en sauver quelques vestiges.

—Non, dit don Luiz d'une voix sombre, il a servi de signal au crime, et...

Un regard suppliant d'Edmond arrêta don Luiz, qui, poussant entièrement l'éventail dans les flammes, s'éloigna pour jamais.

FIN.